松尾葦江　編

校訂延慶本平家物語（五）

汲古書院

校訂延慶本平家物語㈤　目　次

凡　例

1　本書は大東急記念文庫蔵の延慶本「平家物語」全十二冊を底本として、なるべく読みやすく、かつ本文の原形を残すように翻刻した。

2　異体字は通行の字体に直し、新字体を採用した。㈤〜㈦ページに異体字一覧を付した。

3　書写者の書き癖と考えられる字、崩し方によっては正字か誤字か判断がつきかねる字、及び異体字の一部は、左のように統一した。

○鄕→卿　○苻→府　○相撲→相模、相模→相撲　○踈→踈　○慥→慥

4　明らかな誤字・脱字・衍字等は訂正し、頭注にその旨を記した。底本自体が本文を訂正している場合は、頭注でその旨を記す。

5　底本が本文に傍書、もしくは傍書補入している場合は、頭注に指摘した。書写時の重ね書による訂正、虫損箇所などは主なもののみ頭注に記した。

6　底本に設けられている、敬意を示す一字あきはそのまま残した。

7　濁点、句読点、「　」は校訂者が付した。

8　当字はそのまま翻字し、本巻に頻出するものについては、㈦ページに一覧を掲げた。改めた場合は頭注にその旨を断わった。

9　底本にある振り仮名は、朱で記されているものも含めて、片仮名で翻刻した。

10　平仮名の振り仮名は、校訂者が加えたものである。底本には稀に平仮名の振り仮名があるが、それらは片仮名に直した上で頭注にその旨を断わった。

11　底本は漢文訓読的な表記を多分に残す漢字片仮名交じり文であるので、次のような操作を加えて、読みやすくした。

①文書類など、長文の漢文については本文には返り点を付し、本文のあとに書き下し文（漢字平仮名交じり）を添えた。長い引用文は頭注に書き下し文を掲げる。

②地の文の中にある反読表記については、校訂者が返り点を付し、また難読個所には振り仮名をつけるようにした。

〈例〉　可レ被《せらるべし》二禁獄一　　豈夫《あにそれ》可レ然《しかるべけんや》哉

③訓点は現在の学校教育に用いられている方式で統一した。底本の返り点の間違いは直すが、頭注では断らない。

12　底本は、漢文訓読の送り仮名にあたる活用語尾や助詞、漢字の捨て仮名、振り仮名などを他の片仮名と区別して小さな字体で書く場合（いわゆる宣命書きに似た方式）が多い。しかし、その大小の使い分けは、書写上の条件とも関係しているらしく、翻刻に際して原状を完全に再現することは不可能に近い。そこで本書では以下のような原則によって処理した。なお原状を参照する必要のある向きは、影印本によられたい。

①捨て仮名は小字（8ポイント）とする。

②凡例11－②の返り点を付した場合、送り仮名は小字（8ポイント）とする。

〈例〉　近ク尋レ二我朝ヲ一者ば　　不ズレ従シタガハ

右の①②以外の片仮名は振り仮名を除き、すべて10ポイントとした。

13　底本には所々声点と思われる記号があるが、それらは本文の右側に下図のような番号を付し、頭注に表示した。

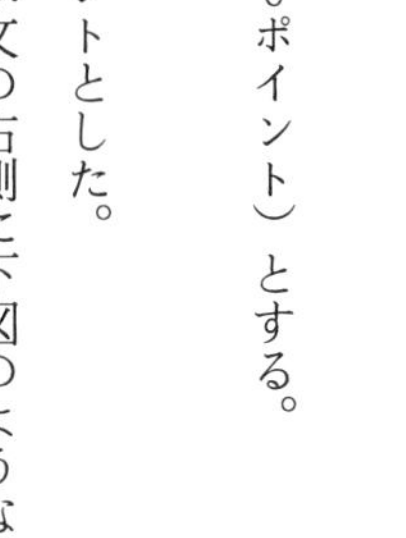

即ち①は文字の右上に点が一つある場合、②は点が二つある場合……ということを示す。

14 和歌・連歌・漢詩漢文・歌謡は二字下げに統一した。

15 一章段内での段落分けは校訂者による。

16 底本は各巻の目次に番号と章段名を掲げ、各章段の冒頭にあたる本文の行頭に番号を書き込んでいることが多い。本書は章段の冒頭部分に該当する頭注欄に、ゴチックで、番号と章段名を掲出して、見出しの代りとした。

17 底本は外題には「平家物語五」とあるが内題は「平家物語第二末」とする。本巻では便宜上、「巻五」の表示を用いることがある。

18 頭注は見開き二頁ごとに1、2、3……の番号を付して、左頁の端に掲出したが、見開き頁内で章段が変る場合には、原則として章段ごとに掲出することとした。入りきらず前頁にわたる場合がある。

19 「御」「御坐」の訓みについては、「おはします」「おはす」両例が混在しており、本巻では確定できる場合にのみルビを付した。

20 脱落その他により解釈が困難な個所で、他の諸本が参考になる場合は、頭注にその本文を引用した。参照する諸本は以下の通りである。

長門本――『岡山大学本平家物語二十巻』 福武書店刊（翻刻）
源平盛衰記――『源平盛衰記慶長古活字版』 勉誠社刊（影印）
四部合戦状本――『四部合戦状本平家物語』 大安刊（影印）
覚一本――日本古典文学大系『平家物語上』 岩波書店刊（翻刻）
北原保雄・小川栄一編『延慶本平家物語』本文篇上 勉誠出版刊（翻刻）

21　本書は、延慶本の正しい理解に役立てるために、広範な学問領域からの究明を可能にすべく公刊するものである。大学・大学院の演習や講読、輪読会のテキストなどに活用され、多数の、また多様な分野からの吟味が行なわれることを望んでいる。

22　本巻は、松尾葦江が担当した。平成八年に金城学院大学文学部三年生の諸君と一緒に読んだ成果に基づく。校正、翻字点検などには谷口耕一・平野さつき・櫻井陽子・高山利弘が協力した。

23　出版をお許し頂いた大東急記念文庫に、御礼を申し上げる。

本巻における異体字一覧（通行の字体に改めたもの）

○亞→亜　○悪→悪　○叺→以　○葦→葦　○逹→違　○异→異　○扐→引　○囙→因　○咽→咽
○隂→陰　○隠→隠　○叡・叡・叡→叡　○宴→宴　○苑→苑　○渕→淵　○薗・苑→園　○怨→怨
○猒→厭　○徃→往　○恩→恩　○穏→穏　○謌・哥→歌　○卧→臥　○觧→解　○廻→廻　○恠→怪
○荊→茢　○害→害　○㝵→碍　○隔→隔　○革→革　○楽→楽　○鶴→鶴　○巻→巻　○乹→乾
○漢→漢　○幹・幹→幹　○舘→館　○寛→寛　○顔→顔　○＼→キ　○竒→奇　○騎→騎　○噐→器
○喜→喜　○鬼・鬼→鬼　○旗→旗　○疑→疑　○宜→宜　○逆→逆　○朽→朽　○究→究　○舊→旧
○叫→叫　○興→興　○更→匣　○京→京　○強→強　○競→競　○胷→胸　○脇→脇　○况→況
○恐→恐　○橋→橋　○魚→魚　○棘→棘　○局→局　○僅・僅→僅　○覲→覲　○勤→勤　○瑾→瑾
○區→区　○駒→駒　○勲→勲　○契→契　○傾→傾　○頸→頸　○形→形　○景→景　○藝→芸
○隙・隙→隙　○決→決　○剱→剣　○兼→兼　○憲→憲　○権→権　○絹→絹　○獻・献→献

○孑→孤　○臺・臺・壼→壺　○股→股　○誤→誤　○㢴・加→弘　○篝→篝　○髙→高　○叻→功
○罡→岡　○荅→荒　○綗→綱　○虵→虹　○戻→尻　○對→剛　○刧→劫　○庆→広　○䰟→魂
○鏁→鎖　○坐・座→坐　○戈→歳　○宩→最　○靭・靭→靫　○戕→哉　○𢻎・𢻎→殺　○雜→雑
○叅→参　○竿→算　○蹔→暫　○檝→檝　○冊胡→珊瑚　○帋→紙　○矣→矢　○旨→旨　○指→指
○刁→司　○枝→枝　○施→施　○衼→祇　○佀→似　○卌→四十　○失→失　○櫛→櫛　○执→執
○膝→膝　○昵→昵　○ソ→シテ　○释→釈　○冡→寂　○冈→囚　○衆→衆　○就→就　○酧→酬
○葺→葺　○熟→熟　○熟→孰　○庻→庶　○㕣→召　○招→招　○死→充　○猷→猷　○外→叔
○庄→庄　○床→床　○賞・賞→賞　○羙→承　○鞘→鞘　○装→装　○蕭→蕭　○昇→昇　○偁→称
○煬・塲→場　○甞→嘗　○羕→丞　○軄→職　○䙬→親　○寑・寑→寝　○畨→図　○雖→雖
○吉→世　○勢→勢　○晢→誓　○瀉→瀉　○簎→籍　○莭→節　○搆→摂　○舩→船　○迁→遷
○蝉→蝉　○蘓→蘇　○葱→葱　○騒→騒　○奏→奏　○曺→曹　○漕→漕　○桒→桑　○損→損
○夛・𡖋→多　○施・陁→陀　○躰→体　○才→第　○醍醐→醍醐　○奪→奪　○壇→壇　○弾→弾
○耻→恥　○畳→置　○秩→秩　○桂→柱　○冑→冑　○广→庁　○張→張　○腸→腸　○北→兆
○珎→珍　○沈→沈　○塚→塚　○廷→庭　○伍→低　○桯・程→程　○吴→逞　○點→点　○敵→敵
○殿→殿　○等・ホ→等　○賞→党　○迯→逃　○嶋→島　○投→投　○筒→筒　○泂→洞　○銅→銅
○窭・窭→突　○鞆→鞆　○遁→遁　○敦→敦　○内→南　○尼→尼　○匂→匂　○炎→涅槃
○悩→脳　○濃→濃　○悩→悩　○嚢→嚢　○癈→廃　○拝→拝　○魄→魄　○鉢→鉢　○發・發→発
○撥→撥　○髪→髪　○抜→抜　○罸→罰　○叛→叛　○判→判　○轡・轡→轡　○斐→斐　○譬→譬

○偹→備　○羙→美　○𠃧→畢　○凴・凴→憑　○氷→氷　○賔→賓　○濵→浜　○㗊→品　○稟→稟
○貟→負　○苻→符　○冨→富　○阝→部　○閗→聞　○閇→閉　○弊→幣　○缾→瓶　○辟→辟
○鞭→鞭　○畆→畝　○匍→匍　○峯→峯　○攷→放　○皃→貌　○朢→望　○摸→撲　○井→菩薩
○卄→菩提　○没→没　○夲→本　○几→凡　○火火→煩悩　○广→磨・摩　○ㇳ→マ　○曼→曼
○慢→慢　○湯→漫　○旀→弥　○蜜・蜜→密　○无→無　○務→務　○冥→冥　○撲→模　○沐→沐
○網→網　○旀→弥　○役→役　○勇→勇　○虫→融　○牖→牖　○余→余　○用→用　○様→様
○幼→幼　○岚・岚→嵐　○裏→裏　○率→率　○掠→掠　○柳→柳　○留→留　○流→流
○旅・旅→旅　○虜→虜　○料→料　○凉・涼→涼　○亮→亮　○臨→臨　○涙→涙　○戻→戾
○厂→暦　○ら→郎　○鹿→鹿　○勒→勒

本巻に見られる主な当字（改めなかったもの）

○浅猿・浅増（浅まし）　○穴（あな＝感動詞）　○余タ（数多）　○糸惜（いとほし）　○伊与（伊予）
○浦山敷（羨しく）　○穴倉ナシ（覚束なし）　○愚ナリ（踈なり）　○加様（斯様）　○階老（偕老）
○感陽宮（咸陽宮）　○祈精（祈請）　○荒量（荒涼）　○甲（剛）　○指ス（差す・刺す）　○猿程（然る程）
○鋪波（しきなみ）　○師子（獅子）　○信乃（信濃）　○上落（上洛）　○震儀（宸儀）　○震襟（宸襟）
○信読（真読）　○震筆（宸筆）　○陳（陣）　○勢兵（精兵）　○節度（節刀）　○摂禄（摂籙）
○訴詔（訴訟）　○蔵（臟）　○崇廟（宗廟）　○責ム（攻む）　○大刀（太刀）　○大郎（太郎）
○大政（太政）　○玉フ（給ふ）　○朝庭（朝廷）　○共（供・ども）　○殿原（殿ばら）　○何条（何でふ）

○鰭（端《はた》）　○幡摩（幡磨）　○火緘（緋緘）　○兵杖（兵仗）　○不便（不憫）　○舊フ（奮ふ）

○法花寺（法華寺）　○堀ル（掘る）　○御門（帝）　○美乃（美濃）　○棟ト（宗徒）　○女《め》（奴）

○目出シ（めでたし）　○本鳥（髻）　○者ヲ（ものを）　○奴原（奴ばら）　○烈（列）　○狼籍（狼藉）

○和殿（わ殿）

平家物語 五

当巻之内歌十六首在之

1　「婦」、「帰」とあるべきか。盛衰記巻十九及び『孝子伝』には「東帰節女」。

廿一　頼朝可二追討一之由被レ下二官符一事

廿二　昔シ将門ヲ被二追討一事

廿三　惟盛以下東国へ向事

廿四　新院厳島へ御幸事付願文アソバス事

廿五　大政入道院ニ起請文カ、セ奉事

廿六　法皇夢殿へ[1]渡セ給事

廿七　平家ノ人々駿河国ヨリ逃上事

廿八　平家ノ人々京へ上付事

廿九　京中ニ落書スル事

卅　平家三井寺ヲ焼払事

卅一　円恵法親王天王寺ノ寺[2]務被レ止事

卅二　園城寺ノ衆徒僧綱等被二解官一事

卅三　園城寺ノ悪僧等ヲ水火ノ責ニ及事

卅四　[3]郡綱卿内裏造テ主上ヲ奉レ渡事

卅五　大嘗会延引事付五節ノ由来事

卅六　山門衆徒為ニ都帰ノ奏状ヲ捧事付都帰有事

卅七　厳島へ奉幣使ヲ被レ立事

卅八　福田冠者希義ヲ被レ誅事

卅九　平家近江国山下[4]柏木等ヲ責落事

四十　南都ヲ焼払事付左少弁行隆事

1　「へ」、「ヨリ三条殿へ」とあるべきか。
2　「寺」、底本は踊り字。
3　郡クニ（類聚名義抄）
4　「下」、底本のまま。「本」の当字。

一　兵衛佐頼朝発謀叛ヲ由来事

兵衛佐源頼朝ハ、清和天皇十代ノ後胤、六条判官為義ガ孫、前下野守義朝ガ三男也。弓箭累代ノ家ニテ、武勇三略ノ誉ヲ施《ほどこす》。然《しかる》ニ去《いん》ジ平治元年十二月九日、悪右衛門督信頼卿謀叛ヲ起《おこし》シ刻《きざ》ミ、義朝彼ノ語ヒニ与セシニヨリテ、子息頼朝、永暦元年三月ニ、伊豆国北条郡ニ配流セラレテ、徒《いたづら》ニ廿一年ノ春秋ヲ送リ、空ク卅三ノ年齢《レイ》ヲ積テ、日来年来モサテコソ過ツルニ、「今年イカニシテカヽル謀叛ヲ思企ケルゾ」ト、人アヤシミヲナス。後日ニ聞ヘケルハ、四五月ノ程ハ高倉宮ノ宣旨ヲ賜テ、モテナサレタリケルホドニ、宮失《うせ》サセ給テ後、一院ノ院宣ヲ被レ下《くださるる》事有ケリ。其《その》故ハ、年来ノ宿意モサル事ニテ、高雄《たかをの》文学ガ勧《すすめ》トゾ聞ヘシ。

彼《か》ノ文学ハ在俗ノ時ハ、遠藤右近将監茂遠ガ子ニ、遠藤武者盛遠トテ、上西門院ノ衆ナリケルガ、十八ノ年道心ヲ発《おこし》テ本鳥《もとどり》ヲ切テ、文学房トテ、高野、粉河、山々寺々迷《まどひ》[1]アリキケルガ、兵衛佐ニ相奉テ勧奉リタリケルトゾ聞ヘシ。

二　文学ガ道念之由緒事

抑《そもそも》文学ガ道念ノ由緒ヲ尋レバ女故《ゆゑ》トゾ聞ヘシ。在俗ノ時ハ、渡辺ノ遠藤武者盛遠トテ、上西門院ノ武者所ニテ、久ク仕テ龍顔ニ、施シ飲羽之三威ヲ、専ラ侍テ鳳闕ニ、振ヒ射鵰《テウ》[1]之名誉キ。然《しかる》ヲ此内ヲ罷出テ後、渡辺《わたなべの》橋供養之時、希代ノ勝事ナリケレバ、江口、神崎、柱本、向、住吉、天王寺、明石、福原、室、高砂、淀ヤ、河尻、難波方《がた》、金屋、片野、石清水、ウドノ、山崎、鳥羽ノ里、各《おのおの》ノ歩《あゆみ》ヲ運ツヽ、「霞ノ裏《うち》[2]ニ珠ヲカケ、長柄ノ橋ノ如クニテ不レ朽《くちざれ》」トゾ祈ケル。説法半時ニ及テ、二《ふたつ》ガワラノ船一艘ゾ下リケル。下人、冠者原ニ至ルマデ、サワ〳〵トシテゾ見ヘケル。中ニアジロ輿一張アリ。橋ヨリ上一段計《ばかり》ノ西ノ岸ニ属《つく》[3]。ヤガテ輿ニ乗テ座敷ヘ入ル。輿ノ金物、大刀、具足、力者法師ニ

1　迷マドフ（類聚名義抄）。長門本「まいりありきけるか」

至《いたる》マデ、ツキ〴〵シク有ケル間、「何《いづれ》ノ座敷ヘ入ヤラム」ト見《みる》程ニ、ヤガテ並《ならび》ノ壺ヘ入《いる》。盛遠具足ニバカサレテ、「主ハイカナル人ヤラム」ト、ヒタスラノゾキ居タルニ、折節河風零《すず》[4]シクシテ、ナニワワタリノ葦スダレ、シヅマリヤラズゾアガリケル。是ヨリ見《みれ》バ、実ニ優ナル十六七ノ女ニテゾ有ケル。青キ黛《まゆずみ》緑ニシテ、咲《ゑ》[5]メル貌《かほ》[6]バセ花ニ似タリ。漢ノ李夫人、衣通姫、カギリアラバ是ニハスギジトゾ見《みえ》シ。盛遠思ケルハ、「ウキミノ程モ白波ノ、住《すま》バ住《すま》ル、事ナレド、男トナラバ是程ノ女ニ枕ヲナラベバヤ。哀《あはれ》イヅクニスキカワト立ル間モナキ人ヤラム」トシヅ心ナクモダヘツヽ、「相構テ、返リ入ラム所ヘイヅクナリトモ見ヲカム」ト思ケル程ニ、聴聞ノ最中ニ、俄ニ焼亡ト訇《ののし》ル。キトミレバ、黒煙リ数十丁ニ吹ツヾイテ、上下ノ諸人サワギアヘリ。「イヅクナルラム」ト立出テ、鞭ヲ打テ馳ケルニ、見聞ノ者多カリケレバ、事故《ことゆゑ》ナクモミケチ、又此間ニ法会モ又畢《をはんぬ》。盛遠又思出《おもひいで》テ、「有ツル人ハ何《いか》ニナリツラム」トアサマシク、忩《いそ》ギカヘリミレバ、屋形計《ばかり》ニテ人モナシ。「ナニシニ我《わが》身ノ出《いで》ツラ

1 「鵰」、左に「クマタカ」とルビ。削除した。
2 裏ウチ（類聚名義抄）
3 属ツク（類聚名義抄）
4 零ス、シ（類聚名義抄）
5 咲ヱム（類聚名義抄）
6 貌カホ（類聚名義抄）

ム」ト、千度百度《ちたびももたび》歎ケドモ、悔《くゆる》ニカヒゾナカリケル。其《その》夜ハ猶モユカシサニ、座敷ニ居テゾ明シケル。

アケハナレヌレバ、「サテモ此《この》上人ハ京都アマタ見給ヘル人也。若《もし》知給タル事モヤ」ト、忩ギ庵室ヘ渡テ、物語ノ次《ついで》ニ、「抑《そもそも》昨日御説法ノ最中ニ、イカ〳〵ノ船ニ、シカ〴〵ノ輿ニ乗テ、某ガ座敷ノ並《ならび》ヘ入候シハ何《いか》ナル人ヤラム。キヨゲニ候シ物哉」ト申ケレバ、聖、「彼《か》ノ人ハ、故三条ノサヘキノ頭ノ娘、当時ハ鳥羽ノ刑部左衛門ガ女房也。父ノ朝ニ仕ヘシ間ハ、彼《かの》刑部ナムドヲバ目ザマシクコソ思ハムズレドモ、ナニモノヽシ態《わざ》ニカ、刑部トツレサセタレドモ、母ノ尼公ノ有モ未ダ心ヨカラズトコソ申セ」。其時盛遠思様《おもふやう》、「サスガ刑部左衛門ガ、是程ノ女具足セルコソ心ニクケレ。今ハ彼《か》ノ仁ニシタガイテ、本意ヲコソ遂ズトモ、音《こゑ》ヲモ聞キ、適《たまたま》形《すがた》ヲ見タリトモナグサミナム」ト思ケルガ、「マテ〳〵シバシ、我身ユ、シカラネドモ、上西門院ニ仕ヘ奉テ年久《ひさし》。其上一門ノ者共ノ目ザマシク思《おもふ》モ理《ことわり》也。彼《か》ノ女房ノ母ニ仕《つかへ》ム」トテ、宿所ヘモカヘラズ、ヤガテ三条ヲサシテゾ上ケル。

西東院[3]ヲ上リニ、三条ヨリハ南、西東院ヨリハ西ニ住アラシテ年久《ひさしく》ナリ、築地破テ佇《ノキ》マバラナル桧皮屋《ひはだや》アリ。「是ナルラム」ト思テ立入レバ、空ク見ニ[4]バ四壁之中一ヲ、旧苔封テ而交レ塵ヲ、漸ク望ニメバ小住之辺一ヲ、新草閉テ而帯レタリ露ヲ。折節門ニ女アリ。マネキヨセテ、「是ハ故サヘキノ頭殿ノ御家カ。聊《いささか》子細アテ申スゾ。此内ニ我宮仕《われみやづかへ》ヲ申《まうさ》バヤ。吉様《よきやう》ニ見参ニ入レテ[5]」云ケレバ、女、「此由ヲ申テコソ見候ハメ」トテ立入ヌ。暫ク有テ、「立入候ヘ。承ム」ト云《いふ》。盛遠先《まづ》ウレシクテ、忩ギス、メバ、中門ノ妻戸ヲ開ク人アリ。五十有余ナル尼公也。「是ヘ〳〵」ト云ヘド、男畏ル。「イカニ〳〵」ト度《たび》重レバ、盛遠内ヘゾ入ケル。家主ノ云ク、「実ニコレニ居ムト仰《おほせ》ノ有《ある》カ。思《おもひ》モヨラヌ事哉。御ケシキヲ見奉《たてまつる》ニ、尼ガハグ、ミ奉ベキ人トモミヘ給ワヌ。御心中ノ程コソ、返々《かへすがへす》モ穴倉《おぼつかな》シ。何《いづれ》ノ辺《あたり》ニツクベシトモオボエズ。故亡父ガ存生ノ間ハ、身カヒ〳〵シカラズト云《いへ》ドモ、公ニ仕《つかへ》奉リシカバ、サ様《やう》ノ事モ侍キ。今ハ老尼ノ旧

1 適タマ〳〵（類聚名義抄）
2 形スカタ（易林本節用集）
3 「東院」、「洞院」の当字。
4 以下、訓読する。空しく四壁の中を見れば、旧苔封じて塵を交じへ、漸く小住の辺を望めば、新草閉ぢて露を帯びたり。
5 「入レテ」、不審。「入レヨト」または「入レテタベト」か。

屋ニヲキ奉テモナニカセム。但シ仰アル事ヲイナト『云《いは》バ、定テ御所存ニ違《たがふ》ラム。ソレモ又ホヒナシ。トモ〳〵ソレノ御計《はからひ》」トゾ宣ヒケル。盛遠申ケルハ、「我身幼少ヨリ上西門院ノ武者所ヘテ候シガ、思ワザル外ニ彼《か》ノ御所ヲ罷出テ後、古里ナレバ田舎ニ住侍レドモ、何事モ物ウクテ、都ノ事ノミ心ニカヽリ、『六ハラ辺ニ居バヤ』ト申セドモ、『上西門院ニ召仕《めしつかはれ》テ年久《ひさしく》武者所フルホドノ者ヲ仕ワジ』ト申テユルサレズ。又元ヨリノ事ナレバ、公家ヲコソ伺《うかがふ》ベケレドモ、サモト申《まうす》仁ハ我《わが》心ニ叶ワズ。思煩テ候ガ、此ノ御事ヲアラ〳〵ツタヘ承テ、御目ニモカヽラバヤト参テ候也」トイヘバ、尼公カラ〳〵ト咲《わらひ》[1]テ申ケルハ、「人々ノ畏レ奉テヲキ奉ラヌ人ヲ、此《この》朽尼ガ顧ミ奉ラム事コソ返々《かへすがへす》[2]ヲカシケレ。ヨシ〳〵ソレモ苦シカラジ。今ヨリ尼ヲ親ト憑《たのみ》給ヘ。ヲソレナガラ子ト仰《あふぎ》奉ラム。故サヘキノ頭ト朝夕ハグヽミイタワリシ女子一人アリ。父存生ノ間ハ、『イカナラム高フルマヒヲセサセバヤ』トコソ営シニ、彼《かの》父ウセテ後、思《おもひ》ノ外ニ鳥羽ノ刑部左衛門トカヤ申《まうす》者相ツレテ候ヘバ、是ニ付テモ亡夫ノ事ノミ思ワレテ、万《よろ》ヅ目ザマシケレバ、ツヤ〳〵申《まうし》カヨワサデ罷過シホドニ、イツゾヤ亡夫ガ為ニ如《かたのごとく》レ形仏事ヲ営シニ、上導ノ御詞ニ、[3]『春ノ花辞レテ梢ヲ拭二ヒ有為無常之涙一ヲ、秋ノ葉飛レテ林ニ催二ス生者必[4]滅之観一ヲ。三界ハ如レ幻ノ、誰カ為二常住之思一ヲ。六道ハ似レリ夢ニ、盍レゾ尋ネ二覚悟之月一ヲラム、鸞《ラン》鳳ノ鏡ノ上ニ双《なら》ベル影《か》ゲモ芭蕉ノ形《かた》チ不レル破之程《ほ》ド、鴛鴦ノ衾ノ内ニ遊ビ戯ルモ草露ノ命不レル消之間』ト候シヲ聴聞シテ、身ニシミ理ニ覚候シ間、ヤガテ発心修行ヲモシテ、亡夫ガ後生ヲ助ケ、又我《わが》臨終ヲモ祈ラバヤトコソ思シカ、ソレモサテヤミヌ。月日ノカサナルニ随テ、此ノ女子ノ事思出ラレ、又幾程ツレハツマジキ事ヲ思フニモ、ナニノ心モヨワリテ不孝ユルシテ候ヘバ、此程ハ悦テ通フ也。凡《およそ》ハ、幾程ナラヌ夢ノ世ニ、心ヲタテタリトモナニカセム。サシモ契深テ朝夕ハ万歳千秋トコソ祈シニ、サヘキノ頭ニモ後《おく》レヌ、年月ハ隔レドモ、思《おもひ》ハ更ニヤスマラズ。[5]翡翠《ヒスイ》ノ簾ノ前ニハ花ノ枝《え》ダ添ヘ二恋ルレ古ヲ之色一ヲ、珊瑚《サンゴ》ノ床ノ下ニハ鏡ノ匣《はこ》遺ス二染ルレ涙ヲ之塵一ヲ。坐テモ憂ヘ臥テモ憂フ。空ク思フ二古人之去ル日一ヲ。何ノ朝、何ノ夕ニカ再ビ逢ワム二

1　咲ワラフ（類聚名義抄）
2　「ヲ」、底本「モ」に重ね書。
3　以下、訓読する。
春の花梢を辞して有為無常の涙を拭ひ、秋の葉林に飛んで生者必滅の観を催す。三界は幻のごとし、誰か常住の思を為さむ。六道は夢に似たり、いづくんぞ覚悟の月を尋ねざらむ。鸞鳳の鏡の上に双べる影も芭蕉の形破れざる程、鴛鴦の衾の内に遊び戯るるも草露の命消えざる間。
4　「必」、左側に傍書補入。
5　以下、訓読する。
翡翠の簾の前には花の枝古《いにしへ》を恋ふる色を添へ、珊瑚の床の下には鏡の匣《はこ》涙を染むる塵を遺す。坐しても憂へ臥しても憂ふ。空しく古人の去る日を思ふ。いづれの朝、いづれの夕べにか再び亡夫の帰らむ時に逢はむ。悲しみ坐すれば天も暮れ難し、歎き臥すれば夜も明けず。悲しみ見ればますます悲し、春山を隔つる霞の影。歎き聞けばいよいよ歎かし、暁窓に囀る鳥の音《こゑ》。一旦世を背きし憂へ、すでに心地の月に闇《くら》く、百年偕老の契り、夢露の花に異ならず。

亡夫之帰ラム時ニ。悲ミ坐レバ天モ難レ暮レ、歎キ臥レバ夜モ不レ明。悲ミ見レバ倍《ますま》[1]ス悲シ、隔ル二春山一ヲ之霞ノ影。歎キ聞ケバ弥ヨ歎カシ、囀ル二暁窓一之鳥ノ音。一旦背レ世ヲ之憂ヘ、已ニ闇ク二心地之月一ニ、百年階老之契リ、不レ異ナラ二夢露之花一ニ。

カヽル思《おもひ》ヲスルミニテアレバ、此女子ヲモ一所ニヲキ、ツレ〳〵ナラム時ハ、ミバヤミヘバヤトコソ思ヘドモ、彼モ世間ノ習ニテ、今ハ鳥羽ニ有ツキタル分ナレバ不足ナシ。ヨシ〳〵尼五十ニ余リテ孝子ヲ生《うみ》タルニテコソ有ムズレ。此家ナムド申《まうす》モ尼一期ノ後ハアヅケ奉ラム。サテモヲワセヨカシ」ト云《いふ》。

男、此後ハ万《よろ》ヅ深ク取入テ、明《あけ》ヌ晩《くれ》[2]ヌトスグシツヽ、ヒタスラ女ノ事ノミ深ク心ニカヽリテ、「サリトモ、ミデハハテジ[3]」ト心深ク思ヘドモ、適《たまたま》キタル時ハ車ニテ妻戸深ク遣入《やりいる》レバ、行《ゆき》モ返《かへり》モ忍テ形《すがた》ヲダニモミセズ。此《これ》ニ付《つけ》テモ愁《うれへ》ニ今[4]即《すなはち》打臥ヌ。明晩《あけくれ》歎キ悲メバ、家主モ是ヲ見テ、「何《いか》ナル事ゾ」トサワギツヽ、医家術道ヲ尽シツヽ、神明仏陀ニ祈ル。然《され》ドモツユモシルシゾ無リケル。昔、張文成ト云《いひ》シ人、忍テ則天皇后ニ相奉《あひ》リタリケルガ、又思《おもひ》ヨルベキ様《やう》ナカリケレバ、夜《よ》ル日《ひ》ル此《これ》ヲ歎キケリ。理《ことわ》リヤ、此人ハ潘安仁ニハ母方ノメイ、雀季珪ニハ妹ニテオワシケレバ、ミメ形モヨカリケリ。夜深《ふけ》人定《しづまり》テ琴ヲ弾給《ひきたまふ》ヲ聞テ、息絶ナムト思《おもふ》ホドニ有ケルニ、心ナラズ近付ケラレ奉テ後、又マミヘ奉《たてまつる》事モナケレバ、心中ニハ生《いき》タルカ死《しに》タルカ、夢カ覚《うつつ》トモナケレバ、人シレヌ恋ニシヅミテイモネラレヌニ、適《たまたま》マドロメバ[5]、又孀烏《やもめがらす》ノ目ヲサマスモ情ナク、実ニ忍ブ中ハ人目ノミシゲヽレバ、苦シキ世ヲ思煩テ[6]、マレノ玉ヅサバカリダニ、水[7]クキノカヘルアトマレナレバ、涙ニシヅムモノ悲サニ、思ワジトスレド思ヒワスル、時ナクテ、常ニハカクゾ詠ジケル。

可[8]レ憎ノ病鵲[9]ノヤ半夜ニ驚スレ人ヲ、薄媚[10]トチ狂鶏[11]ノゾヤ三更ニ唱レ暁ヲ

サレバ、此《こ》ノ心ヲ光行ハ、

独リヌルヤモメガラスハアナニクヤマダ夜[12]ブカキニメヲサマシツル

彼《か》ノ張文成ハ忍テモ后ニモ奉レ相《あひたてまつり》、人目ヲコソ歎シニ、此《こ》ノ武者所ハ責テ見バヤト思《おもへ》ドモ叶ワヌ事ヲゾ歎ケル。

1　倍マス〳〵（類聚名義抄）
2　晩クレヌ（類聚名義抄）
3　「テ」に声点⑧
4　「今」の右下、虫損。「ハ」あるか。
5　「ハ」、虫損。
6　「テ」、「マ」の傍に書く。補入か。
7　日本国語大辞典によれば、室町頃から濁音「水ぐき」が混用されたという。日葡辞書はミヅグキ。
8　『遊仙窟』の一節。訓み下す。あな憎のやもめがらすの（や）半夜に人を驚かす、薄媚と（なさけなき）うかれどりの（ぞや）三更に暁を唱ふ。
9　「鵲」に声点④。「ノ」、「ヤ」、二種の訓読を示す。
10　「薄」に声点③、「媚」に声点⑦。「ト」、「チ」、二種の訓読を示すか。「チ」は「キ」の誤り（なさけなキと訓む）か。
11　「狂」に声点⑦、「鶏」に声点⑦。「ノ」、「ゾヤ」、二種の訓読を示す。
12　Yobucai ヨブカイ（日葡辞書）

カクテツナガヌ月日ナレバ、既ニ三年ニナリニケリ。或時、此《この》尼公、病所ニ来テ云《いはく》、「サテモ御辺ノ御イタワリ、年月アマタカサナレド、其《その》シルシモナシ。且《かつ》ハ見給様《みたまふやう》ニ明《あけ》クレハソノ営《いとなみ》ヨリ外《ほか》ハ他事ナケレドモ、今ハ甲斐ナク日ニソヘテノミヨワリ給ヘバ、ホヒナキ事ハカギリナシ。但シ、イカサマニモタヾナラヌ心ノオワスルトオボユルハイカニ。若キ時ノ習ヒナレバ、イカナル院、宮、宮原[1]ノ人ニ心ヲカケ、歎キ給《たまふ》トコソ覚《おぼゆ》レ。今ハ親子ノヨシミヲロカナラズ。鳥羽ノムスメニモヲトラズコソ奉レ思《おもひたてまつれ》、隔心ナク宣《のたまへ》」ト云《いへ》バ[2]、盛遠此《これ》ヲ聞テ、年比《としごろ》ハ恋ル心ニセメラレテ、物ヲダニモハカ〴〵シク云ザリシガ、此事ヲサトラレテ、カベニ向テゾ咲《わらひ》ケル。尼公、「サレバコソ」ト宣テ、枕近ク立寄テ云ケルハ、「サテモ不覚ニオワスル物哉。云中斐ナクゾ[3]ヲボシメサレ候トモ、我身《わがみ》昔ハ諸宮諸院ヲ経廻シテ、好色遊宴ノ方々、サリトモ多クコソ見知給ラメ。此《これ》程ノ事ヲ歎テ今マデシラセズ煩《わづらひ》給ケル事、サバカリノ武者所トモ覚エズ。大方六ハラ辺ナリトモ、ナドカ其《その》心タスケ奉ラデ有ベキ。実《げ》ニヤスカルベキ事也」。盛遠是《これ》ヲ聞ツヽ、「アワレタヨリヤ」ト思ヘドモ、セメテハヨソノ事ナラバ、歎テコソハ見《みす》ベケレドモ、実《まこと》ニ鳥羽ノ女房ノ事ナレバ、トニモカクニモ思煩テ、ツヤ〱返事ゾセザリケル。重テ、「イカニ〱」[4]トセメケレバ、延《のぶ》ベキ方ナクテ、「云《いは》バヤ」ト思ヘドモ、「ヨシ〱ヨソノ事ナラバ、恥ヲモステ、歎クベケレドモ、イカヾハモラサム」ト思ケレバ、返事モナクテ[5]イキヅキイタリ。重《かさね》テ尼公ノ云ク、「我身今ハスタレモノナレドモ、昔申承リシ人ノミコソオワスレ。遠国マデハ叶ワズトモ、洛中ニテハイヅレノ御方ナリトモ、又六ハラノ人共ノ姫共ナリトモ、『カヽル歎《なげき》スル者アリ。助給ヘ』ト申サムニ、ナジカハ叶ワデ有ベキ。我《われ》親子ノ約束申テ既ニ三个年ニ成ヌ。志ノ程ヲモ今ハ見ヘ奉リツラム。鳥羽ノ女子ニモ劣ラズ心苦クコソ思奉レ。此《これ》程心ヲカレ奉テ、同宿無益也。尼、人ナラネバ、其《それ》ヲ大事ト奉《たてまつらむ》レ思レトニハアラズ。トモ〱ソレノ御計《はからひ》」トゾ宣ケル。盛遠心中ニ思ケルハ、是程ノ時、露バカリモ漏サデハ、イツヲ期スベシトモナケレバ、面《おもて》ニ火ヲバ焼《たけ》ドモシブ〱

1 「宮」、底本「々」。改めた。「原」は「腹」の当字。
2 「ハ」、「ヘ」と重ね書。
3 「ヲボシ」、底本「ホヲシ」。改めた。
4 「イ」、右に傍書補入。
5 Iqizzuqi,u,uita イキヅキ、ク、イタ 呼吸する（日葡辞書）

ニコソ申ケレ。「仰《おほせ》畏テ承リ候ヌ。サテモ一年《ひととせ》渡辺ノ橋供養ノ時、説法半《なか》バニ及テ、二瓦《ふたつ》ノ船ニアジロ輿二張入テ、橋ヨリ上一段[1]バカリノ西ノ岸ニツキ給シ人ヲ、承候シカバ是《この》御参《まゐり》ト聞ヘ候シガ、其《その》時御トモナヒ候シ人ノ、不覚ノ心ニ打ソイテ、朝夕ワスル、事モナシ。其《その》ユクヘハ誰人ニテオワシケルヤラムト穴倉《おぼつか》ナサノ余《あまり》ニ尋参テ候シカドモ、今マデ顕レズシテ空《むなし》ク罷過《まかりすぎ》候ヌ」トオメ〳〵トゾ語リケル。其《その》時尼公打咲《わらひ》テ云《いはく》、「其《その》橋供養ノ時ハ参テ候シ也。サテ其《その》女房ガ心ニカ、リテオボシメスカ。ソレコソ鳥羽ノ娘ニテ候シカ。イトヤスシ〳〵」トゾ云ケル。「且《かつ》ハ面目ニテコソアラメ。皆ヨノツネノ習也。若《わか》クサイト[2]ウナキ間ハ、我《わが》身ニ思フ事モアリ、人ニ思ワル、事モアリ。故サヘキノ頭トツレシモ此《こ》ノ風情ニテコソ有シカ。是《これ》程ヤスキ事ヲ、今マデ心苦《ぐるし》ク歎給ケム事コソ、返々《かへすがへす》モ不覚ナレ。今ハ兄弟ノアワイゾカシ。適《たまたま》キタル時モ見参シ給テ、恐《おそれ》ナガラ尼ガ使シテモ、鳥羽辺ヘモヲワシタラバ、上ニコソ叶ワズトモ、サル人オワスルトハナドカ見奉リ、又見エ奉ラザルベキ。ナニカハ苦シカルベキ。呼テミセ奉ラム」トテ、忩ギ文ヲ書テ鳥羽へ遣ワス。「ケサヨリ違例ノ心地ヰデキテ、世間《よのなか》モアヂキナシ。老タル、若キ、キラワズ、生死無常ノ習ナレバ、イカヾ有ベカ[3]ルラム。来給《きたり》へ。奉レ見《みたてまつらむ》」ト云遣《いひつか》ワス。

鳥羽ノ女房コレヲ見テ、周章《あわて》騒テ来レリ。常ノ居所ニ忩ギ入《いり》テ見レバ、尼公サキ〴〵ヨリモ心ヨゲニテ、打咲《うちゑみ》テ、「是《これ》へ〳〵」ト宣ヘバ、「夢カ幻カ、覚《うつつ》ナラヌ気色カナ」トミレドモ、先《まづ》近クヨリテ居レバ、「サコソサワギ給ツラメ。不思議ニヲカシキ事ノ侍レバ語テ咲《わら》ヒ奉ラムトテ申テナリ」[4]。「何事ナルラム」ト聞《きく》ホドニ、「実ニ女ノ身トナリテハ、是程ノ面目イカヾ有ベキ。上西門院ノ武者所、此三个年尼ニ仕《つかは》レテオワシツルガ、煩《わづらひたまふ》給事余リニ大事ニオワセシガ、尼モ心苦《ぐるし》クテ、朝夕歎シカドモ、ツユ其《その》シルシナシ。コトハリニテ有ケルゾトヨ。余《あまり》ノ心本《こころもと》ナサニ、今日、病ノ様ヲ責問《せめとふ》ニ、取別《とりわき》返事モナカリツル程ニ、事ノ有様細《くはし》[5]ク問ヘバ、人ヲ恋ル病ニテ有ケルゾトヨ。他人ニテモナク、女房ヲ心ニカケタリケルト覚ルゾ。何《な》ニカ苦《くるし》カルベキ。兄弟ノアワヒニオワ

1 「ハ」、虫損。
2 「ト」、傍書補入。
3 「カ」、「キ」の上に重ね書き。
4 「テ」、底本のまま。
5 細クハシ（類聚名義抄）

スレバ、今マデ見参シ給ワヌコソウタテケレ。体《すがた》[1]バカリヲミエ給へ。人ヲ助ルハ尋常《よのつね》ノ習也」トクドキ給ヘバ、女房余《あまり》ノ事ニテ、ツユ其《そ》ノ返事モナシ。「イカニ〳〵」トセムレドモ、オミナヘシノツユ重ゲナルケシキニテ、トカフノ詞モナシ。尼公又宣ク、「御気色コソ存外ナレ。其《それ》ニコソ今ハ鳥羽ニ思付テ、是《こ》ノ朽尼ノ申《まうす》事ハ用モナケレドモ、親トナリ子トナルモ前世ノ契也。彼《かの》人ヲ此《この》破屋ニヲキ奉テモスデニ三年ニナル。只一人オワスル女房ニモ劣ラズ糸惜《いとほし》ト思フ也。故殿ニヲクレテ後、サル女房ハ鳥羽ニコソ常ハオワスレ、コレニテイカニトヲキテ給《たまふ》事モナシ。打ステラレ奉テ、何事モ便リナキサマニテコソアリシカ。而ニ彼《かの》人、尼ヲ憑《たのみ》給テ、九夏三伏ノ焔天ニモ扇ヲ以テ床ヲアフギ、玄冬素雪ノ寒夜モ衾ヲ懐《いだき》テ是ヲ暖ム。加様《かやう》ニ仕《つか》ワレ給テ、志《こころざし》シ不レ浅。尼ニハ武者所ニスギ給ヘル子ナシ。ソレニ只今サナガラ後《おく》レ奉ラム事、生涯ノ恨也。妻夫《めをと》トナレトモイワバコソカタカラメ、人ノ心ヲ助ルハ世間ノ皆習《ならひ》ナリ。姿計《ばかり》ヲモミヘヨカシ。ソレ叶フマジクハ、今日ヨリ後ハ母有《あり》トモ思《おもひたまふ》給ベカラズ。

又ソレニヲワスルトモ思フマジ」トカキクドキセメケレバ、「仰《おほせ》ハ難レ背《そむきがた》ケレドモ、此《この》程モ刑部ガ申《まうし》候ハ、『三条ニハ客人オワスルナリ。カロ〴〵シクカヨフベカラズ。尼御前モ我ヲバサゲシメ給フ。聟ナレバ、有ハテム事モカタシ』ト常ニ申候。其上《そのうへ》女ノ習ヒ、一人ヲ憑ム外《ほか》、他ノ心ヲモテル、今モ昔モ人ノ命ヲ失フワザ也。殊更仰《おほせ》ノゴトクハ、兄弟ノ間ナリ。トニモカフニモ此事ナヲモ承ワラジ」ト云《いふ》。尼公、又宣ケルハ、「仰《おほせ》ノ如クヲト、ヒノ間ニオワスレバ、本意ヲ遂《とげ》ヨトモ申《まうさ》バコソ。今マデ見参シ給ワヌコソワロクオワスレ。互ニミヘ奉ナバ、ナニカ苦シカルベキ。此人鳥羽ナムドヘモコヘ給ワム時ハ、兄弟ノ間ナレバ、適《たまたま》ノ対面ヲモシ給ヘカシ。其《それ》ヲバヨモ左衛門モイサカワジ。アラヌ振舞ヲモシ給ヘトモ申《まうさ》バコソ。マレノ対面ダニモアラバ、此《こ》ノ家ニサテコソオワセムズレ。縦《たとひ》尼イカニナリタリトモ、ヲト、ヒノ有様ニテ、時々カヨイ給ワンニ、ナニカ苦シカルベキ」ト、サマ〴〵ニ宣ヘバ、「サラバ見参セム。ヨビ給ヘ」トシブ〴〵ニ有ケレバ、忩ギ使ヒシテ、「申《まうす》ベキ事アリ。コ

1　体スガタ（類聚名義抄）

レヘ入給ヘ」トイワス。盛遠ウレシサノ余《あまり》ニ、忩ギハイヲキテ大息ツキテゾキタリケル。三年《みとせ》ノ間ノ思《おもひ》ニヤセヲトロヘタレドモ、サスガ其ノ久サ上西門院ニ有シカバ、ナヘヤカナル直垂ノコシツキ、又ヘリヌリノエボシノキワニイタルマデ、ナマメキテゾ見ヘケル。是《これ》ヲ見テ尼公ハマギレ出給ヒヌ。

而ニ此女房、少《すこし》モハヾカラズ盛遠ヲマボリテ、「今ヤ物イフ」ト、マテドモ其ノ久サ、ヲトモセズ、ウツブキ入テゾ有ケル。其時女房、「サテモ此三年ノ程、是ニ御渡《わたり》トハ承リ候ヘドモ、常ニハ鳥羽ニ居テ候ヘバ今マデ見参シ奉ラヌ事、カヘス〴〵心ノ外ニ覚候。スベテ心ノソラクハ候ワズ。自然ノ懈怠ニテコソ候ラメ。今ハ加様《かやう》ニ対面ノ上ハ、何事ニ付テモ心安キ辺《あたり》ニコソ思奉リ候ヘ。母ニテ候老公モヒタスラタノミ奉《たてまつる》ヨシ申《まうし》候。此《この》程モ御労《いたはり》ノヨシ申サレ候ツレドモ、心中ニ歎キ入テハ候ツレドモ、未《いまだ》ミヘ奉《たてまつる》コトモナクテイカニト申ムコトモ何《な》ニトヤラム候ツル間、空《むなし》ク過候ヌ」ト、コマ〴〵ニ云ヘドモ返事モセズ。重テ云《いはく》、「実ニカタワライタキ事ヲ母ノ尼公ノ語リ申ツルヲ、

有ベカラザルヨシ申候ヌ。女ノ身ニハ是ニスギタル面目ヤハ有ベキ。伊勢ノイツキノ宮ハ、

　キミヤコシワレヤ行ケムオボツカナシノブノミダレカギリシラレズ

トナガメ、二条ノ后ハ

　ムサシノハケフハナヤキソ若草ノツマモコモレリ我モコモレリ

ナムド詠ジ給シモ此道ノ態ナリ。ソレモサテコソオワセシカド、今ハ世ノ末トナリテ二心アル女ニスギタル難ハナシ。サナキダニ刑部ガ、『メヅラシキ人モチ奉テ』ト朝夕ハ申ス。此事イカヾヲボシメス。イカサマニモ御計《はからひ》ナクテハ後《のち》ヨカルベシトモオボヘズ。女ノ身ニテ加様《かやう》ノ事ヲ申セバ、時ノホドニヤガテウトマレ奉ラムズレドモ、実ニ志オワセバ、刑部ヲ忩《いそ》ギ討給ヘ。此《これ》モ前世ノ契ニテコソ有ラメ。其後《そののち》イカニモ仰《おほせ》ヲ背《そむく》ベカラズ。母ノ尼公モサシモナキ者ニツレタリトテ、不孝ノ者ニテ候シガ、東山ノ上人ノ教化ニコノホドハユリタレドモ、底ノ御心ハ打トケ給ワヌ風情也。此《これ》ニ付テモ一停《いちう》ノスマイトナラムハヨ

ク候ナム」ト云《いふ》。盛遠ヲメ〳〵トシテ居タリケルガ、此事ヲキヽテ打咲《うちわらひ》テ後、樊《ハン》会ガ如ク[1]気色シテ、「仰《おほせ》悦テ承候ヌ。我《わが》身イミジカラズト云《いへ》ドモ、武勇ノ家ニ生《むまれ》テ弓箭ニタヅサワル。親《したしき》者三百余人アリ。彼等ヲ大将軍トシテハ、日本ノ外ナル新《しん》ラ、百済ナリトモ、ナドカセメデ[2]ハ候ベキ。此程ノ事ハ冠者原ニ[3]シラスルニ不レ及、我身計《ばかり》シテナリトモイトヤスシ」。女房又云《いはく》、「サラバ今三日ト申《まうさ》ム日、京ヨリ鳥羽ヘ客人来ルベシ。日ノホド酒宴、夜ニ入ラバ管絃、連歌有ベシ。其後《そののち》カヘルベシ。刑部定テ酔《ゑは》ムズラム。其夜《そのよ》伺ヒ給ヘ。刑部ガネドコロハ、酒宴ノ家ヲ一《ひとつ》隔テ西ニアタリタル屋也。常ニ東山ニ出《いづ》ル月ヲ見ムト東ニムケテスメリ。広椗ノ南ノハシヲ指入《さしいり》テ見給《たまは》バ、妻戸ノ口ニ臥タラムヲ指《さし》給ヘ。穴賢《あなかしこ》、見タガヘテ不覚[4]スナ。我ハ遙《はるか》ノヲクニ臥《ふす》ベシ。相構《あひかまへ》テ本鳥《もとどり》ヲサグリ給ヘ。サラバ暇《いとま》申テ。今夜モ是ニ候テ、何事モ申タクハ候ヘドモ、母ノ違礼トテ遣シタリツル文ヲ、アシクヲキテ有ツル、定テ刑部ミ候《さぶらひ》ナバ、イソギコユラムト覚ユ。イカニモ御ハカラヒノ後ハ、トモ〳〵仰《おほせ》ニ随

1　「如ク」、底本のまま。「如キ」とあるべき。
2　「テ」に声点⑧
3　「シ」、重ね書あり。
4　「ス」、「候」に重ね書。
5　「嘯々」、「蕭々タル闇《よる》ノ雨打ツレ牕《まど》ヲ声」（『白氏文集』「上陽白髪人」）。
6　比ナラブ（類聚名義抄）

ベシ」トテ返リヌ。遠藤是《これ》ヲ聞テ思様《おもふやう》、「三年ノ間、空床《むなしき》ニ向テ弱リ臥タレバ、秋ノ夜長シ、夜長《ながく》シテ眠事《ねむる》ナシ。耿々トホノカナル残《のこん》ノ燈ノ壁ニ背《そむけ》ル影、嘯々ト[5]閑《しづか》ナル闇雨ノ窓ヲ打音《うつ》ノミ友トナリ、春ノ日遅シ、日遅シテ独《ひとり》居レバ天モクレヌ。佇《のき》ノ鶯ノ百囀ヲ、愁アレバ聞《きく》コトヲ厭フ。梁《うつばり》ノツバクラメノ比《なら》[6]ビ住《すむ》ヲバ、ネタマシクノミ思ツヽ、三年ノホドモスギシゾカシ。今三日ト契シモ待《まち》クルシク」ゾ思ケル。

サテモ三日ト云日《いふ》ハ萌黄ノ腹巻ニ左右ノ小手、スネアテ計《ばかり》ニ、三尺五寸ノ大太刀ニ、ロウサフノ小袖ヲカヅキテ、ヤブレガサニカヲ、カクシ、三条ヲ西ヘ大宮ヲ南ヘ行《ゆく》。長《たけ》七尺ニ余リタリケレバ、行《ゆく》モ返《かへる》モアヤシガリテ見送ラヌ者ハナカリケリ。未《いまだ》日タカヽリケレバ、御所ノ辺ニヤスライテ、彼《かし》コヲ伺ウニ、云シニタガワズ、京ヨリ客人入ヌ。日クレヌレバ、管絃連歌ノ後、此人忩《いそ》ギ返リヌ。

サテモ此女房、今夜ヲカギリノ事ナレバ、三条ノ尼公ノ我ニ後《おく》レテ歎キ給ハム事、又死《しな》バトモニト契深キ刑部ガ事モ悲クテ、只眼ニ遮ル物トテハ尽セヌ涙計《ばかり》也。「サレバトテ、カクテヤムベキニモアラズ。異国ニモ悲キ男ニカワリテ後生ヲ助ケラレシ女モ有シゾカシ」ト思切テ、酔タル男ヲ懐《いだき》テ奥ノツボニフセテ、本鳥《もとどり》ヲミダリ、我《わ》ガタケナルカミヲ切《きり》ヲロシテ女ノ姿ニゾツクリケル。其後我《そののちわが》カミヲ取上テ本鳥ニナス。サテ刑部ガ烏帽子、大刀、刀ヲ妻戸ノ口ニ取渡シテ、東枕ニフシニケリ。今ヲカギリト思フニモ、忍ノ涙セキアヘズ。「漢ノ李夫人ニアラザレバ、体《すがた》ヲ移シテモ誰カミム。唐ノ陽貴妃[1]ニ異ナレバ、尋問《たづねとふ》ベキ人モアラジ。只ウキ目ヲミムモノハ、三条ノ母ノ老尼計《ばかり》」ト思《おもふ》ホドニ、向《むかひ》ノ屋ノ中門ノ程キイリトナリケルガ、見レバ、腹巻ニ大刀脇ニハサミタル大童《おほわらは》一人、広梴ヘツトノボリ、我《わが》ウヘヲ飛越テ、奥ノツボヘゾ通リケル。「穴《あな》心憂《う》ヤ。イカニナリヌル事ヤラム。已《すで》ニアヤマタレヌルヤラム。ヲキテモ取《とり》ツカバヤ」トハ思ヘドモ、暫ク有様ヲ見ルニ、女[2]トヤミナシテケム、立返《たちかへり》ウツブクカト思《おもふ》ホドニ、女ノ頸ハ前ノ梴ヘゾ落《おち》ニケル。盛遠打[3]オホセヌト悦テ、「暇《いとま》申テ返リ参《まゐら》ム」トテ、忩《いそ》ギ頸取《とり》、三条ヘカヘル。此《こ》ノ頸ヲバ或田ノ中ニ踏入《ふみいれ》テ、三条ノ屋ニ帰テ、高念仏シテ梍行道ス。

シバラク有テ門戸ヲ叩ク。「誰ソ」ト問ヘバ、「鳥羽ヨリ。女房ヲ只今夜打入テ、殺シ奉リタ[4]」ト申ス。盛遠思様《おもふやう》、「下臈ノ不覚サ。何条サル事ハ有ベキゾ」ト思テ、「何《いか》ニ物狂《ぐるはし》キ申様《まうしやう》ゾ。殿ノ御アヤマチカ」ト云《いふ》。使者云《いはく》、「サワ候ワズ。一定女房ノ御アヤマチトコソ仰《おほせ》有ツレド、詳《つまびらか》ナラズ」。「サレバコソ」トテ、尼公ニ此由《このよし》ヲツグ。「女房ノ御アヤマチトテ、鳥羽ヨリ使者ハ候ヘドモ、ヨモサル事ハ候ワジ。殿ノアヤマチニテゾ候ラム」ト云ヘバ、尼公アワテサワギ給フ。又重《かさね》テ使アリ。「何《いか》ニ」ト問ヘバ、「女房ノ御アヤマチ」。又ヲシカサネテ使者アリ。来ルモ又来ルモ、人ハカワレドモ詞《ことば》ハ同《おなじ》詞也。サレドモナヲ盛遠用ヒズ。「下臈ホド不覚ノモノハアラジ。我《わ》ガシラザル事ナラバイカニ不審ナラマシ。周章《あわて》タル者哉」ト、心ノ内ニハ返々《かへすがへす》モニクカリキ。

尼公ニ伴ヒテ盛遠モ鳥羽ヘ行ヌ。ミレバ此男、頸モナキカラダヰダキテ、[5]「夢

1 「陽」、「楊」の当字。
2 「ト」、底本「レ」のように書く。存疑。
3 「オ」、傍書補入。
4 「タ」で行末。「タリ」か。
5 「テ」、傍書補入。

カウツヽカ。此《これ》ハ何《いか》ナリケルアヘナサゾ。イヅクヘ我ヲ捨置テ、同ジ道ヘトコソ契シニ、具《ぐし》テ行《ゆけ》」トゾ歎ケル。尼公ハ是ヲ一目ミテヨリハ、トカフノ詞モナク引カヅキテ臥給ヒヌ。盛遠浅猿《あさまし》ク思テ、忩ギ家ヲ走出テ、捨《すて》ツル頸ヲ尋ヌルニ、八月廿日余ノ月ナレド、折節オボロニカスミテイヅクトモオボエズ。サレドモ田ノ中ヲ余《あまり》ニ求メケレバ、有《ある》深田ニテ求メ得タリ。水ニテフリスヽギテミレバ、此女房ノ頸ナリケリ。忩ギ鳥羽ニ持テ行キ、走入テ、「御敵人グシテ参テ候。御覧候ヘ」トテ、懐《ふところ》ヨリ女房ノ首ヲ取出テ、其《その》身ニ指合《さしあはせ》テ、「此《これ》ハ盛遠ガ所行也。一日《ひとひ》此女房契給シニバカサレテ、ワ殿ノ頸ヲカクト思テ候ヘバ、カヽル不覚ヲシツル事ナレバ、我《わが》頸ヲ千キダ百キダニモキザミ給ヘ。穴《あな》心ウノ有様ヤ。イカナリケル事ゾヤ。是ニテ切給ヘ」トテ、腰刀ヲ抜出テ、左衛門尉ニ与テ、頸ヲノベテ指出タリ。左衛門尉、此盛遠ヲミルニ、ツラキニツケ、ウラメシキニ付テモ、「只一刀ニ指殺《さし》サバヤ」ト思ケルガ、倩《つらつ》ラクリカヘシ物ヲ案ズルニ、

「滔々《タウ》[1]トシテ長キ河水、無レシテ水暫留リ、舟々トシテ浮ル世人、無レ人能久シ。貞松万春之栄ヘ、甘菊千秋ノ匂ヒ、終ニ有二朽ル時一、何無二萎メル期一。

カヽル憂世《うきよ》ニマジハレバコソ憂目《うきめ》ヲモミレ」トテ、其ノ刀ヲバナゲカヘシテ、「刀ハ此ニモ候」トテ、己ガ刀ヲヌキテ、自《みづか》ラ髪ヲ切テケリ。盛遠フリアヲギミテ申ケルハ、「生テ物ヲ思ワムヨリハ、只ハヤ切給ヘ。自害セムトハ思ヘドモ、同《おなじく》ハワ殿ノ手ニカケ給ヘ。ソレハ悦タルベシ」トテ、頻ニ頸ヲノベタリ。左衛門尉申ケルハ、「御辺《ごへん》誠ニ城ニ立籠テ相闘ムトスル事ナラバ、尤モ打入テコソ切《きる》ベケレドモ、カクシ給ワム上ハ、縦《たと》ヒ女房生《いき》帰ルベシト申《まうす》トモ、切奉ルベキニアラズ。自害モ無レ詮事ナルベシ。其ヨリハ只ナキ人ノ後世ヲ訪ヒ、一仏浄土ノ往生コソアラマホシク覚レ。今生後生空《むなし》カラム事、永劫沈輪[2]不覚ナルベシ。倩《つらつら》案《あんず》ルニ、此女房ハ観音ノ垂迹トシテ、吾等ガ道心ヲ催シ給フト観ズベシ」。其ノ時盛遠立テ、左衛門入道ヲ戒師トヤ思ケム、七度礼拝シテ髪切テケリ。両方ニ、尼、法師ニナル者卅余人也。

1 以下、訓読する。
滔々として長き河の水、水無くして暫し留まり、舟々として浮ける世の人、人無くしてよく久し。貞松万春の栄え、甘菊千秋の匂ひ、終に朽つる時有り、何ぞ萎める期無き。

2 「輪」、「淪」の当字。

母モ墨染ノ衣《ころも》涙ノ露ニシホレツヽ、イツカワクベシトモミヘズ。彼女《かの》、消息コマ〲ト書テ手箱[1]ニ入テ、形見ニトテ留置タルヲミレバ、「イトヾ女ノ身ハ、罪フカキ事ニコソ候ナルニ、ウキ身ユエニ多《おほく》ノ人ノウセヌベク候ヘバ、我身一《ひとつ》ヲ失候ヌル也。殊更ニ罪深《ふかく》覚《おぼえ》候事ハ、母ニ先立マヒラセテ、物ヲ思ワセマヒラセムキミコソ心ウク候ヘ。相構テ後世ヲヨク訪ヒ給ベシ。仏ニダニモナリ候ナバ、母ヲモ左衛門殿ヲモ、ナドカ迎《むかへ》マヒラセ候ハザルベキ。万《よろ》ヅ何事モコマカニ申置タク候ヘドモ、落ル涙ニミヅクキノアトモミヘズシテ委《くは》シカラズ。返々《かへすがへす》身ノホドノ心ウサ、タヾヲシハカラセ給ベシ」トテ、

露フカキアサヂガハラニマヨフ身ノイトヾヤミヂニ入《いる》ゾカナシキ

母コレヲミルニ、イトヾ目モクレ心モキヘテ、モダヘコガルヽ有サマ、タメシ有ベシトモ覚ヘズ。冥途ニモ共ニ迷ヒ、猛火ニモ共ニ焼《やかれ》ム事ナラバ、イカヾハセム。生《いき》テ甲斐ナキ露ノ身ヲムグラノ宿ニトヾメヲキテ、恋暮[2]ノナミダイツカ、ワカム。セメテノ事ニ、「浄頗梨ノ鏡ニヤ浮テミユル」トテ、歌ノ返事ヲ

ヨミテ、泣々其《その》歌ノ傍ニゾカキナラベタリケル。

　ヤミヂニモトモニマヨハデヨモギフニヒトリ露ケキ身ヲイカニセン

トヨミテ、其後ハ天王寺ニ参テ、「只ハヤ命ヲメシテ浄土ニミチビキ給へ。我《われ》仏ニナリテ、ナキ人ノ生所ヲモ求メツヽ、一仏蓮台ノ上ニ再行《ふたたびゆき》アワム」ト祈念スルコトナノメナラズ。サル程ニ次年《つぎの》ノ十月八日、生年五十五ニシテ終《つひ》ニ往生ノ素懐ヲ遂《とげ》ニケリ。

刑部左衛門尉ハ年来ノ師匠請ジテ、髪ウルハシクソリ、三聚浄戒タモチテ、法名ヲバ渡アミダ仏トゾ申ケル。在俗ノ時ハ渡ト名乗ケレバ、出家ノ後モ彼《か》ノ字ヲゾ呼ケル。志ハ生死ノ苦海ヲ渡テ、涅槃《ネハン》ノ彼岸ニ属《つか》ム事ヲ観ジケル心バへ也。遠藤武者盛遠入道ハ、此《これ》モ盛遠ノ盛ノ字ヲ法名トシテ、盛アミダ仏トゾ申ケル。ウセニシ女ノ舎利ヲ取テ、後苑ニ墓ヲシテ、第三年ノ内マデハ行道念仏シテ後世ヲ訪《とぶらふ》事、人ニスグレタリ。サレバニヤ墓ノ上ニ蓮花開クト夢ニミテ、歓喜ノ涙袖ニフレリ。

1 「箱」の左に「筥」と傍書。丁の左端のため裁断されている。

2 「暮」、「慕」の当字。

其後、盛アミダブ道心ヲコシテ、高野ニテ戒ヲ持《たも》チ、熊野ニコモリ年ヲ経ケリ。金剛八葉ノ峯ヨリハジメテ、熊野全峯、天王寺、止観大乗楞《レウ》厳院、スベテ扶桑一州ニヲヒテハ至ラヌ霊地モナカリケリ。十八才ヨリ出家シテ、一十三年之間ハ、持斎持律ノ行者也。春ハ霞ニ迷ヘドモ峯ニ上リテ薪ヲトリ、夏ハ蕠《くさむら》[1]シゲヽレド、柴樞《しばのとぼそ》ニ香ヲ焼《た》[2]キ、秋ハ紅葉ニ身ヲ[3]ヨセヨセテ野分ノ風ニ袖ヲヒルガヘシ、冬ハ蕭索タル寒谷ニ月ヲヤドセル水ヲ結ビナムドシテ、山臥修行者ノ勤メ苦《ねんご》[4]ロナリ。振鈴ノ音ハ谷ヲ響シ、焼香ノ煙ハ峯ニキユ。彼《か》ノ商山ノ翁ニハアラネドモ、蕨ヲ折テ命ヲ支ヘ、[5]賢憲ガトボソニハアラネドモ、藤衣ヲツヾ[6]テハダヘヲカクセリ。三衣一鉢ノ外ニハ蓄ヘタル財ナク、座禅縄床ノ扇箱[7]ニハ、本尊持経ヨリ外ニ持タル物ナシ。寒地獄ノ苦ミ[8]ヲ今生ニ見テ、後生ニノガレントゾ誓ケル。知法有験ノ時マデモ、昔ノ女ノ事ワスレズシテ、常ニハ衣ノ袖ヲシボリケルトカヤ。「若《もし》ヤ心ヲナグサムル」トテ、昔ノ女ノ形《すがた》ヲ絵ニカキテ、本尊ト共ニクビニカケテ身ヲ放《はなた》ザリケル事コソ哀ナレ。カクテ在々所々ヲ修行シケレバ、或時ハ東ノ旅ニ迷ヒテ業平ガ尋ワビシアコヤノ松ニ宿ヲカリ、或時ハ西ノ海千尋ノ浪ニタゞヨヒテ、光ル源氏ノ跡ヲヲヒ、陬間《スマ》[9]ヨリ明石ニ伝フ時モアリ。偏《ひとへ》ニ一所不住ノ行ヲナシテ、利益衆生ノ勤ヲ専《もつぱら》ニス。先代ニモ少ナク、後代モ有ガタキホドノ木聖ニテゾ有ケル。彼《か》ノ女ノ縁ニ不レ遇ハ者、[10]争《いかで》カ今度生死ノ掟ヲ覚《さと》ルベキ。有ガタカルベキ善知識ナリトテ、弥《いよい》ヨ彼ノ後世ヲゾ訪ヒケル。盛アミダブヲ改テ、文学トゾ呼レケル。

1 蘘クサムラ（伊呂波字類抄・易林本節用集）
2 焼タク（類聚名義抄）
3 「ヨセ」で丁替。衍字であろう。
4 苦ネムコロ（類聚名義抄）
5 「賢」の右に「玄歟」と傍書。
6 「ツ、テ」、「綴リテ」の促音便。
7 「扇」、右に「肩」と傍書。
8 「ミ」、傍書補入か。
9 首書「須磨異本」
10 「者」、ミセケチ、「者」と傍書。

三　異朝東帰ノ節女事

遠[1]ク尋二異朝先昔一、唐国ニ夫ヲ思ヘル女アリ。東帰[2]ノ節女ト是ヲ云《いふ》。長安ノ大昌[3]里人ノ娘ナリ。階老同穴ト契不レ浅シ夫ニ、朝夕伺《うかがふ》怨敵アリ。此《こ》ノヲトコモ李陵、張良ガ態《わざ》ヲエテ、輒《たや》スカラザリケレバ、有《ある》時、敵《かたき》此ノ節女ヲトラヘテ、「汝ガ夫ヲ我ニ殺サセヨ。シカラバ君ニ伴ヒテ、春花明月ノ詠ヲモナシ、山鳥白雪ノ興ヲモマサム。ソレ叶フマジクハ、速ニ汝ニ殺スベシ」[4]ト云《いふ》。節女

1 ここには章段を示す数字はない。
2 「帰」、底本「婦」。盛衰記及び『孝子伝』により訂した。
3 「昌」に声点①
4 「ニ」、底本のまま。「ヲ」とあるべきか。

是《これ》ヲ聞テ、「タヾカリソメノ夜ガレヲダニモ歎クニ、此事夢カ覚《ウツヽ》カ、花下ノ半日之客残シ二芳志於夕風一ニ、月前ノ一夜之友惜ム二金波於暁雲一ニ習ニテコソアレ。マシテ夫トナリ妻トナル、此ノ世一《ひとつ》ノ事ナラズ。互ニミヘソメテ後、多《おほく》ノ年月ヲ送リ、朝夕ハ千秋万歳トコソ契深キ男ヲ失テ、汝トスマム事イカヾ有ベカルラムトヲボユ。シカレ、タヾサラバ汝ガ詞ノ如ク我ヲ失ナヘ」ト云《いふ》。カタキ是ヲ聞テ、「サラバ汝ガ親ヲモ同ク殺スベシ。ワガミ又親ヲ夫ニカヘム事、能々《よくよく》ハカラヘ」ト云。節女是ヲ聞テ、親ヲ思フ悲サニ、「サラバ我《われ》謀《はかりこと》ニテ汝ニ男ヲ打セム。我《わが》夫楼ノ上ニネタラムヲ殺セ。夫ハ東ニ臥スベシ。我ハ西ニ臥《ふさ》ムズルナリ。東ノ枕ヲ鉾ヲ以テサセ。男ハ安ク死ナム」トテユルサレヌ。

サテ女、今ヲ限リト思フニモ、夫ニ別レム悲サニ、忍ノ涙セキアヘズ。夫アヤシミテ委《くはし》ク尋レドモ、更ニシラセズ、タヾ、「世中ノ有《あり》ハツマジキヲ思《おもふ》ニモ、イトヾ悲ク」トゾ云ケル。夫哀《あはれ》ト思テ、モロ共《とも》ニゾ泣《なき》ケル。女、今夜ヲ限ノ事ナレバ、[1]如レシ復二於鶵ノ巣一ニ、何東何西。似レ失ルニ二於犢《こうしの》乳一ヲ、非レ存《いくるに》[2]非

1　以下、訓読する。鶵《ひな》の巣に復《かへ》るがごとし、何《いづ》れを東とし何れを西とせむ。犢《こうし》の乳を失へるに似たり。存《い》くるにあらず已《をは》るにあらず。心を西刹の暁の月に澄ますと雖

も、深き恨を楼上の夕べの雲に残す。

2 存イク（類聚名義抄）

3 已ヲハル（類聚名義抄）

4 「カワテ」、「代リテ」の促音便。

5 辟タトヒ（類聚名義抄）

6 「恋」、「恋慕之」とあるべきか。

7 以下、訓読する。

三泉何《いづ》れの方ぞ、青鳥の翅《つばさ》も至ること能《あた》はず。中陰誰が家ぞ、紫燕の蹄も趍《はし》るに由なし。あに図りきや、朝に戯れ夕べに戯れし芳契の情を翻して、夜も歎き昼も歎く愁哭の悲しみと成さむとは。悲しみて見れば、悲しみを増す庭上の花の主を失へる色、恨みて聞けば、恨みを増す林中の鳥の君を忍ぶ音《こゑ》。分段の理を思はずは、いかでかこの悲しみに堪へむ。生死の習を知らざれば、あにこの恨みを忍ばむや。来たりて留まらず、蕣籠の露に似たる命、去りて帰らず、槿籬の花のごとくなる身。

8 「燕」、底本は「鳶」のように見える。あるいは「鳶」か。『澄憲作文集』に「紫燕」とあるのを参考に「燕」とした。

9 趍ハシル（類聚名義抄）

レ已。[3]雖レ澄トニ心ヲ於西刹之暁ノ月一ニ、残スニ深キ恨ヲ於楼上之夕ノ雲一ニ。更闌《たけ》人定《しづまり》テ、鶏人スデニ唱《となへ》、鳥鐘響《ひびき》ヲ送ル程ニ成テ、夫ヲ西ニナシ、我《わが》身東枕ニフシテ、敵ヲ相待処《あひまつところ》ニ、男、節女ガチギリシ詞ニマカセテ、東ノ枕ヲサス。女、鉾ヲ取テ我《わが》頸ニアテ、夫ニカワテ[4]失《うせ》ヌ。敵打《かたき》ヲウセツトテ見ケレバ、此ノ女ナリ。目モクレ心モキヘテ、夫ニカワテ命ヲ失ヘル志ノ深キヲ思フニ、アヤマチヲ悔《くゆ》ル歎キ辟《タト》[5]フル方ナシ。悲サノ余リニ節女ガ夫ニ向テ、「速《すみやか》ニ我身ヲイカニモナセ。汝ヲ失ワムトテ、カヽル憂目《うきめ》ヲミツル」トテ悲シメリ。夫此《これ》ヲ聞テ、「敵スデニ来タルヲ殺シテ、イミジカルベキニアラズ。只カヽル憂世ヲ背《そむき》テ、女ノ菩提ヲ祈ラム」トテ、本鳥《もとどり》ヲ切《きり》、サマヲカヘテケリ。

日月ハ隔タレドモ愁傷之腸《はら》ハ猶《な》ヲ新《あらた》也。時節ハ移レドモ恋[6]涙《なみ》ダ未ダレ乾カズ。三[7]泉何《いづれ》ノ方ゾ、青鳥之翅モ不レ能レ至ルコト。中陰誰ガ家ゾ、紫燕[8]之蹄モ無レ由レ趍[9]ルニ。豈ニ図キヤ、朝ニ戯レ夕ニ戯レシ芳契之情ヲ翻テ、夜モ歎キ昼モ歎ク愁哭ノ悲ト成トハ。悲テ見レバ、増スレ悲ヲ庭上ノ花ノ失ヘルレ主ヲ色、恨テ聞バ、増スレ恨ヲ林中ノ鳥ノ忍ブレ君ヲ音ヘ。不レ思ハ二分段之理ヲ一者、争カ堪ン二此ノ悲ニ一乎。不レ知二生死之習ヲ一者、豈忍ン二此恨ヲ一乎。来テ不レ留メ[1]、蕙[2]籠之露ニ似ル命、去テ不レ帰ラ、槿籬ノ花ノ如ナル身。歎テモヨシナシトテ、各《おのおの》ノ彼《か》ノ女ノ後生ヲゾ祈ケル。

草枕《まく》ライカニ結ビシ契ニテ露ノ命ニヲキカワルラム

1　「メ」、「ニ」の上に重ね書き。よみは「留マラズ」とあるべき。
2　草を摘んで入れる籠に留まる露。「蕙」は、あぶらな。

四　文学院ノ御所ニテ事ニ合事

カクテ文学、冬ノ宵[1]カラ漏シ遅《ネカウ》テ愁腸寸々ニ易《たちやすく》レ断、春ノ天日斜《ナヽメ》ニシテ胸火慾々ニ難《がたく》レ拭ヒシテ、諸国ヲ流浪シテアリキケルガ、都ヘ帰リ廻リテ高雄ノ辺ニスミケリ。道心ノ後ニモ心大《おほき》ニクセミツヽ、普通ノ人ニハ似ザリケリ。

爰ニ高雄神護寺ト申スハ、草創年旧《ふ》リテ、仏閣破壊《はゑ》ノ体ヲミルニ、明月ノ外ハサシ入ル人モナシ。庭上草深《ふかく》シテ、孤狼[2]野干ノ栖《すみか》ニテ、雉兎ノ遊ニ興多シ。扉ハ風ニ倒レテ落葉ノ下ニ朽《くち》、スダレ、軒バヽ雨ニヲカサレテ、仏壇更ニアラハナリ。悲哉、仏法僧ト云《いふ》鳥ダニモ不二音信《おとづれず》一シテ、空《むなし》キ跡ノイシズヘハヲドロノ為ニカクサレ、痛哉《いたましきかな》、御山隠レノホソ路モツタシゲク匍《はひ》カヽリ、樵夫草女ノ袂マデモ露ヤヲクラント哀也。

爰ニ文学思ケルハ、「宿因多幸ニシテ出家入道ノ形ヲエタリ。前業所感ニシテ仏法値遇ノ身トナレリ。無縁ノ道儀ヲ訪フハ、菩薩ノ所修ノ軌《キ》[3]則也。破壊ノ堂舎ヲ修複[4]スルハ、仏法ヲ再興スル根本也。ハゲミテモ猶《な》ヲハゲムベキハ、修複[4]修造ノ善根、行ジテモ猶行ズベキハ利益結縁ノ資粮也」ト思ケルガ、「但シ自力造営ノ事ハ争《いかで》カ叶《かなふ》ベキナレバ、知識奉加ニテ神護寺ヲ造《つくら》ム」ト云《いふ》大誓願ヲ発《おこ》[5]シツヽ、十方ノ旦那ヲスヽメアリキケルホドニ、院ノ御所法住寺殿ヘ参テ、御奉加アルベキヨシ申ケルホドニ、折節《をりふし》御遊ノ程ニテ、奏者モ御所ヘマイラズ、中入《いる》ル人モナカリケレバ、御前ノ無骨トハ思ワデ、「人ノウタテキニテコソアレ」ト思ケル故ニ、天性ノ不当ノ者ノ而《しか》モ物狂《ぐるはし》キニテ有ケレバ、常ノ御所ノ御壺ノ方ヘ進ミ入テ、大音声ヲ放テ、「大慈大悲ノ君ニテマシマス。高雄ノ神護寺ニ御奉加候ヘヨ」ト申ケル。大声ニ、調子モ、ハトゾ興サメニケリ。

1 「宵カラ漏シ遅《ネカウ》テ」、送りがな、ルビ不審。「宵漏」は時間のこと。「冬ノ宵漏遅シテ」とあるべきか。
2 「孤」、「狐」の当字。
3 「軌」に声点⑧
4 「複」、「復」の当字。
5 発オコス（類聚名義抄）

ヤガテ腰ヨリ勧進帳ヲ取出シ、高ラカニゾ読タリケル。其状云《そのじやうにいはく》、

請下蒙二殊貴賤道俗助成一、高雄霊地建立二一院一、令上レ勤二修二世安楽大利一子細ノ状

勧進僧文学敬白

夫真如広大、雖レ施二生仏之仮名一、法性随縁之雲厚覆自レ聳二十二因縁之峯一以降、本有心蓮之月光幽、而未レ顕二三毒四慢之大虚一。悲哉、仏日早没、生死流転之衢冥々。耽レ色耽レ酒、誰謝《カ》二狂猩跳猿《センキヤウシヤウタウエン》之迷一。徒謗レ人謗レ法、豈免二琰羅獄率之責一乎。爰文学偶《タマサカ》払二俗塵一雖レ餝二法衣一、悪業猶《タクマシク》意逞《タクマシク》而造二于日夜一、善苗又耳遥《アザムイテ》而廃二于朝暮一。痛哉、再帰二三途之火坑一、永廻《クンコト》二四生之苦輪一。所以牟尼之憲法千万軸、軸々明二仏種之因一、随縁至誠之法一而、無レ不レ届《イタラ》二菩提之彼岸一。故文学無常之観門落レ涙、催二上下親族之結縁一、上品蓮台運レ心、立二等妙覚王之霊場一也。

抑高雄者山 堆《ウツタカクシテ》[4] 而顕《ハシ》二鷲峯山之梢《ヲ》一、谷禅《ニシテ》[5] 而敷《ケリ》二商山洞之苔《ヲ》一。咽《ムセンデ》二巌泉《ヒキ》一曳レ布《ヲ》、叫《テ》二嶺猿《イイ》[6]一遊《ブ》レ枝《ニ》。人里遠《クシテ》而無《ク》二囂塵《キヤウ》一、咫尺好《クシテ》而有《リ》二信心《ノミ》一。地形勝《ケイタリ》、尤可レ崇《ム》二仏天《ヲ》一、奉加 微《スコシキナリ》 トモ誰不《カ》二助成《セ》一乎。風 聞《カニ》[7]《ク》、聚レ砂為二仏塔一之功徳、忽《ニ》感《ズ》二仏因《ヲ》一。何況於二一紙半銭之宝財《ニ》一乎。願《ハ》建立成就《シテ》而、禁闕鳳暦御願円満、乃《シ》至都鄙遠近親疎里民、歌《ヒ》二堯舜無為之化《ヲ》一、開《ン》二椿葉再会之咲《ヲ》一。況《ヤ》聖霊幽儀前後大小、速遊《ビ》二一仏菩提之台《ニ》一、必翫《ズバム》二三身満徳之月《ヲ》一。仍勧進修行者之趣《キ》、蓋以《テ》如《シ》レ斯。

治承三年三月　　日　　　文覚敬白

勧進僧文学敬って白《まう》す

殊に貴賤道俗の助成を蒙て、高雄の霊地に一院を建立し、二世安楽の大利を勤修せしめむと請ふ子細の状

夫《そ》れ真如広大にして、生仏の仮名を施すと雖も、法性随縁の雲厚く覆ひて十二因

1 「衢タ」に「チマタ」とルビ。重複するので削除した。
2 ルビ「ク」の上に「イ」を重ね書き。
3 届イタル（類聚名義抄）
4 「堆」に声点①
5 禅シツカナリ（類聚名義抄）
6 ルビ「イイ」とあるが、「レイ」とあるべきか。
7 風ホノカニ、ホノカナリ（類聚名義抄）

緑の峯に聳《たなび》きしより以降《このかた》、本有心蓮の月の光幽かにして、未だ三毒四慢の大虚に顕れず。悲しきかな、仏日早く没して、生死流転の衢《ちまた》冥々たり。色に耽り酒に耽る、誰か狂猩跳猿の迷ひを謝せむ。徒らに人を誘り法を謗る、豈に琰羅獄卒の責めを免れむや。爰に文学、たまさか俗塵を払ひ法衣を餝ると雖も、悪業猶《なほ》意に逞しくして日夜に造り、善苗又耳にあざむいて朝暮に廃《すた》る。痛ましきかな、再び三途の火坑に帰り、永く四生の苦輪に廻らむこと。所以《ゆゑ》に牟尼の憲法千万軸、軸々に仏種の因を明かし、随縁至誠の法一として、菩提の彼岸に届《いた》らずといふこと無し。故に文学、無常の観門に涙を落して、上下親族の結縁を催し、上品の蓮台に心を運びて、等妙覚王の霊場を立てむとなり。

抑《そもそ》も高雄は山堆《うづたか》くして鷲峯山の梢を顕はし、谷禅《しづか》にして商山洞の苔を敷けり。巌泉咽んで布を曳き、嶺猿叫びて枝に遊ぶ。人里遠くして囂塵無く、咫尺[1]好くして信心のみ有り。地形勝れたり、尤も仏天を崇むべし、奉加微《すこしき》なりとも誰か助成せざらむや。風《ほの》かに聞く、砂を聚《あつ》め仏塔を為《つく》る功徳、忽ちに仏因を感ず。何《いか》に況むや一紙半銭の宝財に於てをや。願はくは建立成就して、禁闕鳳暦御願円満し、乃至《ないし》都鄙遠近の親疎里民、堯舜無為の化を歌ひ、椿葉再会の咲《ゑみ》を開かむ。況むや、聖霊幽儀の前後大小、速かに一仏菩提の台《うてな》に遊び、必ず三身満徳の月を翫《もてあそ》ばむ。仍て勧進修行者の趣、蓋し以て斯《かく》のごとし。

治承三年三月　　日　　　　　文覚敬まつて白す

其時ノ管絃ニハ妙音院ノ大政大臣師長公御琵琶ノ役也。此人ノ御琵琶ニハ観界ノ天人モ度々天下リ給タリケル上手也。按察大納言資賢卿ハ紅葉ト云《いふ》笛ヲゾ吹給ケル。源少将雅賢ハ鳳管ノ上手也。鳳管ト申《まうす》ハ笙笛ノ事也。鳳凰ノ鳴ク声ヲキ、テ、令公ト云ケル人、笙笛ヲバ作《つくり》始メタリ。千字文ト申《まうす》文ニ、「鳴鳳在レ樹ニ、白駒喰《はむ》レ場《には》ニ[2]」トテ、明王ノ代ニハ、必ズ鳳凰来テ庭前ノ木ニ栖《すむ》ト云《いふ》トゾ読タリケル。

[3]本文アリ。依レ之此ノ源少将雅賢常ニ参テ仕ヘ奉ル。今日ハ被レ召テ早参シタリ

1　「好くして」、北原・小川本は類聚名義抄により、「ことむなしくして」と訓む。
2　場ニハ（類聚名義抄）
3　「本」、傍書補入。

ケリ。水精ノ管ニ黄金ノ覆輪ヲキタル笙笛、黄鐘調ニゾ調《しらべ》タリケル。黄鐘調ト申《まうす》ハ、心ノ蔵[1]ヨリ出《いづ》ル息ノ響也。此蔵[1]ノ音ハ、逆ニ乙ノ音ヨリ高ク、甲ノ音ニ上《アガ》ル間、脾ノ蔵[1]ノ土ノ音ニ同ズ。順ニ甲ノ音ヨリ乙ノ音ニ下ル時ハ、肺ノ蔵[1]ノ金ノ音ニ同ズ。故ニ土ノ色ヲ黄ト名《なづ》[2]ク。金ノ色ヲ鐘ト名ク。将《まさ》ニ知《しる》ベシ、土ト金トハ陰陽ノ義ニテ、男女相応ノ儀式也。故ニ法皇ト女院トノ御前ナレバ、円満相応ノ御祈トテ、黄鐘調ニシラベタリ。又、黄鐘調ハ呂ノ音也。此ヲ名《なづけ》テ喜悦ノ音トス。又ハ五行ノ中ニハ火土也。五方ノ中ニハ南方也。生住異滅ノ四相ノ中ニハ住ノ位也。住ノ位ト者《は》、人ノ齢ニアツル時ハ、卅已後四十已前ノ比《ころ》也。サレバ源少将モ其時ハサカリスギテ四十一也。法皇ノ御歳ハ紅葉ノ比ニ移ラセ給タリケレドモ、祝奉リテ猶《なほ》夏ノ景気ニ調タリ。

花山中将公高ハ、時々和琴ヲカキナラシテ、風俗催馬楽ヲウタイスマシ、大政大臣師長ハ、朗詠目出《めでた》クセサセ給《たまふ》。資賢卿ノ子息資時朝臣拍子ヲ取《とり》、四位侍従盛定朝臣今様トリ〴〵ニ謳《ウタ》ヒナムドシテ、心肝ニ銘《めいじ》テ面白カリケレバ、聖衆モ袂ヲ飜シ、天人モ雲ニ乗給ラムトゾ、身ノ毛竪《よだち》テ覚ケル。サレバ上下感涙ヲヲサヘテ玉簾錦帳霊々タリ。[3] 御感ニ堪サセ給ワズシテ、法皇モ時々ハ昌[4]歌セサセオワシマシ、付歌ナムドアソバシテ、興ニ入ラセ給タリケルニ、此ノ文学ガ勧進帳ノ音声ニ、調子モソレ拍子モ違《たがひ》テ、人々皆興サメニケレバ、法皇忽ニ逆鱗ワタラセ給テ、「コハ何者ゾ。奇怪也。北面ノ輩ハナキカ。シヤソクビ突《ツキ》候ヘ」ト被㆑仰下㆒ケレバ、「何事哉《がな》、事ニ逢テ高名セム」ト思タル者共、其数多カリケレバ、我モ〱ト走懸ル。其中ニ平判官資行、左右ナク頸ヲ突《つか》ムトテ走懸タリケルヲ、文学勧進帳ヲ取直シテ、烏帽子ヲ打落テ、シヤ胸ツキテノケザマニ突《つき》タヲシテケリ。資行、放本鳥《はなちもとどり》ニテオメ〱ト大床ノ上ヘ逃上ル。北面ノ者共、我モ〱ト走懸《かかり》ケレバ、文学懐《ふところ》ヨリ七寸計《ばかり》ナル刀ノ柄ニ馬ノ尾巻タルガ氷ナムドノ様ナルヲ、サラトヌキテ、ヨリコン者ヲ突ムト待カケタリ。長《たけ》七尺計《ばかり》ナル大法師ノスグレタル大力ノ心猛キガ、右手ニハ刀ヲ持テ、左手ニハ勧進帳ヲ捧テ狂《くるひ》廻《まはり》ケレバ、左右手《さうの》ニ刀ヲ持タル様ニゾミヘケル。思《おもひ》

1　「蔵」、「臓」の当字。
2　名ナック（類聚名義抄）
3　「リ」、虫損。
4　「昌」、「唱」の当字。

ヨラヌ俄事《にはかごと》ニテハアリ、院中騒動ス。公卿殿上人、「コハイカニ〳〵」ト立
騒給ケレバ、御遊ノ席モソレニケリ。宮内判官公朝、「搦《からめ》ヨト云《いふ》御気色ニテア
ルゾ。速《すみやか》ニ罷出ヨ」ト云ケレドモ、少《すこし》モシヒズ、「只今罷出テハ、イヅク
ニテ、誰ニ、此事ヲ申《まうさ》ンゾ。サテアランズルヤフニ、命ヲ御所中ニテ失《うしなふ》トモ、
神護寺ニ庄ヲヨセラレザラムニハ、一切ニ罷出《まかりいづ》マジキ者ヲ」トゾシカリケル。
安藤《ドウ》馬大夫右宗《ミギムネ》ガ当職ノ時、武者所ニ候ケルガ、大刀ヲ取《とり》、走向《はしりむかひ》タリ。文学
少《すこし》モヒルマズ、悦テカヽル所ヲ、右ノ肩ヲ頸カケテ大刀ノミネニテツヨク打
タリケルニ、打レテチトヒルムヤフニシケル所ヲ、大刀ヲステヽ組テ伏ス。
文学イダカレナガラ右宗ガコガヒナヲ突ク。ツカレナガラシメタリケリ。其後
ゾ、者共カシコガヲニ、コヽカシコヨリ走出テ、手取《とり》足取《とり》、ハタラク所ヲバカ
ク〳〵打《うて》ドモハレドモ少《すこし》モイタマズ、猶《なほ》散々ノ悪口ヲ吐ク。門外ヘ引出シテ
資行ガ下部《しもべ》ニタビテケリ。文学引ハラレテ立タルガ、御所ノ方ヲニラミツメテ、
「奉加ヲコソシ給ハザラメ、文学ニカラキ目ヲミセ[1]給ツル報答ハ思知ラセ申サ

ンズルゾ」ト、躍リ上リ〳〵三声マデゾ詈《ののしり》ケル。資行ハ烏帽子打落サレテ、恥ガマシクテ暫クハ出仕モセザリケリ。右宗ハ御感ニ預テ、別ノ功ニ納《をさまり》ニケリ。当座ニ一﨟ヲ経ズシテ右馬督ニ召仰ラレケルコソ弓箭取《ゆみやとる》者ノ面目トミヘケレ。

文学ハ獄舎ニ入《いれ》ラレニケリ。サレドモ一切コレヲ大事トモセズ、其比《そのころ》上西門院ノ崩御ニテ非常ノ大赦ヲ被レ行《おこなはれ》ケレバ、ヤガテ被レ出サニケリ。シバシハ引籠リテ有ベケレドモ、猶モヘラズ、如レ元《もとのごとく》ニ勧《すすめ》アリキケリ。サラバタヾモナクテ、「此ノ世ノ中ハ只今ニ乱レテ、君モ臣モ皆滅《ほろび》ナムズル者ヲ」ナド、サマ〴〵ノ荒言放《はなち》テ、イマ〳〵シキ事ヲゾ云アリキケル。無常讃ト云《いふ》物ヲ作テ、「三界ハ皆火宅也。王宮モ其難ヲ不レ可レ遁ル。十善ノ王位ニ誇《ホコリ》[2]タフトモ、黄泉ノ旅ニ出ナフ[3]後ハ、牛頭馬頭ノ杖楉ニハ、サイナマレ給ワフズラフハ[4]」トテ、院ノ御所ヲ左サマ[5]ニハニラミテトヲリ、右サマニハ[6]ニラミテトヲリケルアヒダ、猶、「奇怪ナリ」ト云《いふ》沙汰有テ、「召取テ、遠流セヨ」トテ、伊豆ノ国ヘゾ流シ被レ遣《つかはされ》ケル。

1 「ミ」、虫損。
2 覚一本「ほこたうとも」。「フ」は音便か。
3 「フ」は「ン」の音便か。
4 「給ワフズラフ」、「給ワンズラン」の音便か。
5 「左サマ」「右サマ」、北原・小川本は『名語記』により、「トザマ」「カウザマ」と訓む。
6 「ニ」、傍書補入。

五　文学伊豆国へ被配流事

源三位入道ノ未ダ誅《うた》レヌ時ナリケレバ、子息伊豆守仲綱院宣ヲ奉《うけたまはり》[1]テ、郎等渡部ノ省《はぶく》ガ具シテ下ルベカリケルヲ、折節《をりふし》国人近藤七国平ガ上落[2]シタリケルニ具《ぐし》テ遣ス。「東海道ヲ船ニテ下ルベシ」トテ、伊勢国へ将《ヒキイ》テ下ル。

放免両三人被レ付《つけられ》タリケルガ申ケルハ、「庁ノ下部ノ習、カヤウノ事ニ付テコソ自《おのづか》ラ依怙モアレ。サヤフノ事ノアレバコソ又芳心モ当リ奉ル事ニテアレ。イカニ是程ノ事ニ相《あひ》テ下給《くだりたまふ》ニ、可レ然旦越《だんをち》ナドハ持給ハヌカ。国ノ土産、道ノ粮料ナムドヲモ乞給ヘカシ。カヤウノ時ヨリコソ互ノ志モアラワルレ」ナムド云ケレバ、文学、「人ハ多《おほく》知タレドモ東山ニコ吉《ト》[3]キ得意ハ持タレ。文遣《やら》ム」ト申ケレバ、此等悦テ紙ヲ求テ得サセタリケレバ、「カヽル紙ニテ文書《かき》タル事不レ覚」トテ投返テケリ。相原ヲ尋テエサス。其時《そのとき》人ヲ呼テ文ヲカヽス。「文学、高雄神護寺ヲ修造遂ムト云《いふ》大願ヲ発《おこし》テ、勧《すすめ》候ツルホドニ、聞食《きこしめし》テモ候ラム、カヽル悪王ノ世ニシモ生相《むまれあひ》テ、所願ヲコソ果サヾラメ、剰《あまつさへ》禁獄セラレテ、ハテニハ遠流ノ罪ヲ蒙テ伊豆国ヘ被レ流《ながさる》。遠路ノ間也、粮料如法大切ニ候。此使ニ少々給《たまはり》候ベシ」ト、云《いふ》ガ如《ごとく》ニ書テ、「立文ノ表書ニハ誰ヘト書[4]ベキゾ」ト云ケレバ、文学大《おほき》ニ咲《わらひ》テ、「『清水寺ノ観音房ヘ』ト書給ヘ」トゾ申ケル。其時下部《しもべ》共、「官人共ヲアザムクニコソアレ」トテ、口々ニ腹立《はらだち》ケレバ、文学、「清水ノ観音ヲコソ深《ふかく》タノミタレ。サナクテハ誰ニカハ要事云ベキ」トゾ申ケル。

此《これ》ニモ限ラズ、文学、猶、「此者共謀《はかり》テ咲《わらは》バヤ」ト思テ、官人多ク並居《なみゐ》タル中ニテ昼寝ヲシテ、虚《そら》寝言ヲゾシタリケル。「此《この》程勧進シタリツル用途共ヲ、人《ひとの》許ニ預タリツルハ、文学伊豆ヘ下《くだり》タリトモ、其《そ》ノ人ノ得ニモナレカシ。佐《さ》女牛《めうじ》ノ鳥居ノ下ニ埋置タリツル用途共ノ、徒《いたづら》ニ朽失《くちうせ》ナムズル事ヨ」トテ、寝覚《ねざめ》タル景気ヲゾシタリケル。其時官人共、「ウレシキ事聞出シタリ」ト思テ、目ヲ見合《あはせ》テ閑所ヘ立ノキテ、「イザ、ラバ、堀出シテミム」トテ、行向テ、先《ま》

1　奉ウケタマワル（類聚名義抄）
2　「落」、「洛」の当字。
3　「コ」、底本のまま。「コソ」とあるべきか。
4　「ニハ」、虫損。

ヅ左ノ鳥居ノ下ヲ三尺計《ばかり》堀タリケレドモ、ミヘザリケリ。「心深キ者ナレバ、浅クハヨモ埋マジ」トテ、一丈計《ばかり》堀タリケレドモ惣テ何モ無リケリ。「サラバ右ノ鳥居ノ下ニテヤ有ラム」トテ、又堀タリケレドモ、其《それ》モナニモ無リケリ。其後《その》ハ、「此《この》聖ニ度々被レ謀《はかられ》ニケリ。不レ安《やすからず》」トテ、弥《いよい》ヨ深ク誡ケレドモ、文学少《すこし》モ痛マズ、特ニ荒言ヲノミ吐ケリ。

猿《さる》程ニ、船押出テ下リケルニ、或日遠海ナルニヨリテ、頓《にはか》[1]ニ大風出来テ、此船漂倒《ヘウタウ》セムトス。水手、梶取、シバシハ櫓、カヰヲ取テ、船ヲハサミテ助ケムトシケレドモ、波風弥《いよいよ》アレマサリケレバ、櫓、カヰヲステヽ、船底ニ倒臥テ声ヲ調《そろへ》[2]テ叫ケリ。或ハ観音ノ名号ヲ唱ヘ、或ハ最後ノ十念ニ及《およぶ》。サレドモ文学少《すこし》モ騒タル気色ナシ。既ニカウト覚ケル時、文学船ノ舳ニ立出テ、ヲキノ方ヲ守テ、「龍王ヤアル、〳〵」ト三度呼テ、「イカニ此程ノ大願発《おこし》[3]タル僧ノ乗タル船ヲバアヤマタムトハスルゾ。只今天ノ責ヲ被《かうぶ》ラムズル龍神共カナ。水火雷電ハナキカ。トク〳〵此風シヅメ候ヘ」ト高声ニ訇《ののしり》テ入ヌ。「例ノ又アノ入道ガ物狂《ものぐるはし》サヨ」ト、諸人ヲコガマシク聞居タル処ニ、其ノ験《しるし》ニヤ有ケム、又自然ニ止《やむ》ベキ時ニテ[4]ヤ有ツ[5]ラム、即《すなはち》風定《しづまり》[6]テケリ。其後ハ官人等舌ヲ振《ふるひ》テ、イタク情ナク当ル事モセザリケリ。イカサマニモ様《やう》有ケル者ニコソ。

領送使共、文学ニ問《とひて》云《いはく》、「抑《そもそも》当時世間ニ鳴雷《なるかみ》ヲコソ龍王ト知テ候ニ、其外《そのほか》又大龍王ノ御坐候様《やう》ニ仰《おほせ》候ツルハ、何《いか》ナル事ニテ候ゾヤ」。文学答《こたへて》云《いはく》、「此等《ここら》ニ鳴《なり》候奴原ハ、大龍王ノハキ物ヲダニモ、エトラヌ小龍共也。其八大龍王ト申《まうす》ハ、法花経ノ同聞衆也。序品ノ中ニ其《その》名字ヲ明《あきらか》ニ、『[7]難陀龍王、跋難陀龍王、娑伽羅々々、和修吉々々、徳叉迦々々、阿那婆達多々々、摩那斯々々、優鉢羅々々等、各与若干百千眷属倶』ト説タル、此《これ》也。此龍王達ハ、各《おのおの》ノ百千眷属ヲ具《ぐし》テ、蒼溟三千ノ底、八万四千宮ノ主タリ。此空ニ鳴《なり》テアリキ候奴原ハ、八大龍王ノ眷属ノ又従者ノ又従者也。其主ノ八大龍王ハ、文学ヲ守護セムト申ス誓アリ。況ヤ小龍等ガ案内ヲ知侍ラデ、聊《いささか》モ煩《わづらひ》ヲナス条、有マジキ事ニテ候也」。領送使重テ問《とひて》云《いはく》、「サレバ八大龍王ハ何《いか》ナル志ニテ文学御房ヲバ守

1 頓ニハカニ（類聚名義抄）
2 調ソロヱル（慶長十五年版倭玉篇）
3 発オコス（類聚名義抄）
4 「テ」、傍書補入。
5 「ツ」、「リ」に重ね書。
6 定シツム（類聚名義抄）
7 以下、「百千眷属倶」まで、『法華経』序品による。訓読する。
八龍王あり、難陀《なんだ》龍王、跋《ばつ》難陀龍王、娑伽羅《しやから》龍王、和修吉《わしゆきつ》龍王、徳叉迦《とくしやか》龍王、阿那婆達多《あなばだつた》龍王、摩那斯《まなし》龍王、優鉢羅《うはつら》龍王等にして、おのおの若干の百千の眷属と倶《とも》なり。

護シマヒラセムト云《いふ》誓ハ候ケルヤラム」。文学答《こたへて》云《いはく》、「昔《むかし》シ仏在世ノ時、八大龍王参テ仏ノ御為ニ白《まうし》[1]テ言《いは》ク、『仏徳尊高ニシテ、万徳自在ニマシマス御心ニ、叶ハヌ事ヤオハシマス』ト申シ時、仏答テ言《いはく》、『我《われ》能《よ》ク万徳自在ノ身得タリト云ドモ、心ニ叶ワヌ事二種アリ。一ニハ、我《われ》世ニ久住シテ法ヲ説キ、常ニ衆生ヲ利益セバヤト思ヘドモ、分段生死ノ習ナレバ、百年ガ内ニ涅槃ノ雲ニ隠レム事、命ヲ心ニ任セヌ愁也。二ニハ、入涅槃ノ後、若シ善根ノ衆生有《あり》ト云トモ、魔王ノ為ニ障碍セラレテ、所願成就ノ者有《ある》ベカラズ。其《その》善根ノ衆生ヲ誰ニ誂《あつらふ》ベシトモ思ワズ。此《これ》又大《おほい》ナル歎也』ト宣キ。時ニ八大龍王座ヲ立テ而、仏ヲ三匝シテ正面ニ来リテ、仏ノ尊顔ヲ瞻仰シテ、三種ノ大願ヲ発《おこし》テ云ク、『一ニハ、我願《われねがはく》ハ仏入涅槃ノ後、孝養報恩ノ者ヲ守護スベシ。二ニハ、我願ハ仏入涅槃ノ後、閑林出家ノ者ヲ守護スベシ。三ニハ、我願ハ仏入涅槃ノ後、仏法興隆ノ者ヲ守護スベシ』。此ノ願ノ心ヲ案ズルニ、併《しかしなが》ラ文学ガ身ノ上ニアリ。カヤウニ文学ハ心ソウ〳〵ニシテ、物狂《ものぐるは》シキ様ニハ侍レドモ、父ニモ母ニモ孤《みなしご》[2]ニテ候之間、親ヲ思フ志今ニナヲアサカラズ。妻ニ後《おく》レテ出家入道ハスレドモ、本意ハ只至孝報恩ノ道心也。サレバ八大龍王ノ第一ノ願ニコタ[3]ヘテ可レ被二守護一文学也。第二ノ願ハ、閑林出家ト候ヘバ、十八ノ歳出家シテ、今ニ猶《なほ》山林流浪ノ行人也。ナドカ守護シ給ハザラムヤ。況ヤ第三ノ願ト者《は》、仏法興隆ノ者ヲ可二守護一ト誓タレバ、当時ノ文学コソ仏法興隆ノ志深シテ、和殿原ニモニクマレ奉レ。八大龍王ハ哀ミ給ラム物ヲヤ。カヽル法文聖教ヲ悟タル故ニ、小龍等ナドヲバ物ノ数トモ存ゼズ候之間、『龍王〳〵』トモ申侍《まうしはべる》也。サル和殿原也トモ、親ニ孝養スル志ノ深ク、入道出家ヲモシテ閑林ニ閉籠リ、仏法興隆ヲモシ給ワムニハ、大龍王ニ被二守護一給ベシ。文学一人ヲト誓タル誓願ニハアラズ。構ヘテ殿原、親ノ孝養シテ仏法ニ志ヲ運ビ給ベシ。今生後生ノ大幸也。申テモ〳〵、法皇ノ邪見コソサコソ小国ノ主ト申ナガラ、ケギタナキ人ノ欲《ヨク》心カナ。大国ノ王ハシカラズ。破戒ナレドモ比丘ヲ敬ヒ、無実ナレドモ勧進ニ入給フ事ニテ侍也。和殿原モアヰソヘテ、仏法踈略ノ人共トミルゾ。能々《よくよく》

1 白マウス（類聚名義抄）
2 孤ミナシゴ（類聚名義抄）
3 「タ」、傍書補入。

計《はからひ》給へ。イカニ道理ヲ責レドモ、文学ガ状ヲ信用シ給ワヌ事ノアサマシサニ、信ヲモトラセ奉リ、法ヲモ悟ラセ給ヘカシトテ、方便ノ為ニ小龍等ヲ招テ風波ノ難ヲ現ジテ候ツルゾ。サレバ各《おのお》ノ皆信伏シ給テ、事ノ外[1]ニ切テツギタル礼儀共、誠ニ哀ニ侍メリ。龍ノサワギダニモナノメナラズ。イカニイワンヤ無常ノ風モフキ、獄卒ノセメモ来ラム時ニハ、イサ〳〵知《しら》ズ、カヤウニ申《まうす》文学ダニモ叶《かなふ》マジ。日本ノ主モヨモ叶給ワジ。無上世尊モ入滅シタマヒキ。マシテ其外ノ因位ノ菩薩、底下ノ凡夫、和殿原マデモ叶ベシトモオボヘズ。今度文学ガ悪事シテ、伊豆国へ被ニ遠流《をんるせらるる》一事ハ仏ノ御方便ト知給ベシ。一向ニ文学ガ申サム詞ニシタガヒテ、今日ヨリ後ハ仏道ニ心ヲカケテ、来迎ノ引接ヲ待給ベシ。一樹ノ影ニ宿ルモ前世ノ契ナケレバ叶ワズ、同河ノ水ヲ汲《くむ》コトモ永劫ノ縁ト伝ヘタリ。何《いかに》況ヤ如レ此《かくのごとく》逆縁也ト云ヘドモ、数日同船ノ昵《むつび》ヲヤ。閑《しづか》ニ被レ聞ベシ。

抑《そもそも》仏道ニ心ヲカクルト申《まうす》ハ、内心ニ常ニ仏ヲ念ズレバ、臨終寿焉ノ時ニ至テ、定テ来迎引接シ給フ也。所以《ゆゑ》ニ観音、勢至、阿弥陀如来、無数ノ聖衆ヲ引具《ひきぐし》給テ、弘誓ノ舟ニ棹《さをさ》シテ、廿五有ノ苦海ヲワタリ、宝蓮台ノ上ニ往生シテ、菩提ノ彼岸ニ到リ遊バム事、誰カハ此ヲノゾマザラム。返ス〳〵モ憑《たのむ》ベシ。能々《よくよく》念ジ給ベシ」ト、賢キ父ノ愚ナル子ヲ教フルヤフニ、同船ナレバ片時モ立離ル、事ハナシ、臥テモ教ヘ、起テモ誘フ。事ニ触レ、物ニ随テゾ教訓シケル。

カヤフニヲリ〳〵ニ随テ、出離セム要路ヲ教誡セラレテ、放寃《ヘキ》[2]ノ中ニ生年廿三ニナリケル刑部丞懸ノ明澄ト云ケル男発心シテ、本鳥ヲ切テ、文学ガ弟子ニナリニケリ。文学是《これ》ヲミテ、「誠ニ本意也」トテ、ヤガテ戒サヅケテ、在俗ノ名乗ノ一字ヲ取リ、我《わ》ガ名ノ片名ヲ取テ、名ヲバ文明トゾ付タリケル。其外《そのほか》ノ者共ハ、文学ガ詞ヲ聞《きく》時計《ばかり》ハ道念ノ心地ニ趣ケレドモ、出家遁世スルマデノ事ハナカリケリ。此ノ文学ハ天狗ノ法ヲ成就シテケレバ、法師ヲバ男ニナシ、男ヲバ法師ニナシケルトカヤ。

文学船ニ乗ケル処ニテ、天ニ仰テ誓ケルハ、「我《われ》三宝ノ知見ニコタヘテ、再ビ都ヘ帰リテ、如二本意《ほいのごとく》一神護寺ヲ造立供養ズベクハ、湯水ヲ不レ飲トモ下着マ

1 「三」、補入か。
2 「寃」、右側のルビ、「ヘキ」か。「ヘン」とあるべき。左に「シエタケ」とルビあり、削除した。

デ命ヲ全《まつたう》スベシ。我《わが》願成就スマジキナラバ、今日ヨリ七日ガ内ニ命[1]終《はつ》ベシ」ト誓テ、飲食ヲ断ズ。クワセケレドモ口ノ辺《あたり》ヘモヨセズ。卅一日ト云《いふ》ニ、伊豆国ニ下着《くだりつき》ニケリ。其《その》間湯水ヲダニモ飲ズ、マシテ五穀ノ類ハ云ニ不レ及。サレドモ色力少《すこし》モ不レ衰、行《おこなひ》打《うち》シテ有ケレバ、[2]文学ハ昔ヨリサルイカメシキ者ニテ、身ノホドアラハシタリシ者ゾカシ。当初《そのかみ》道心ヲ発シテ本鳥ヲ切テ、高野、粉河、山々寺々修行シアリキケルガ、

1　終ハテ（伊呂波字類抄）

2　「文学ハ」、この前に脱文あるか。ここから第六章か。長門本「されとも、色かほおとろへす、をこなひうちしてそ有ける。たゝものにはあらさりけるやらん、ふしきの事ともなり」

六　文学熊野那智ノ瀧ニ被打事

或時ハダシニテ、五穀ヲ断テ、熊野ヘ詣リ、三山ノ参詣事故《ことゆゑ》ナク遂テ、「那智ノ瀧ニ七日断食ニテ打レム」ト云《いふ》不敵ノ願ヲ発《おこ》シケリ。比《ころ》ハ十二月ノ中旬ノ事ナリケレバ、極寒ノ最中ニテ、谷ノ[1]ツヽラモ打解《うちとけ》ズ、松吹風《ふく》モ身ニシミテ、難レ堪悲《たへがたくかなしき》事、既ニ二三日モナリケレバ、一身《み》ヰテ凍《こほり》テ、ヒゲニハタルヒト云者サガリテ、カラ〳〵トナル程ナリシカドモ、ハダカニテ

有ケレバ、凍ツマリテ、僅ニ息計《ばかり》カヨヘドモ、後ニハ僅ニ通《かよひ》ツル息モ止テ、スデニ此世ニモナキ者ニナリテ、那智ノ瀧壺ヘゾ倒レ入ケル。瀧ノ面ニテ文学[2]ヲヒタトトラヘテ立テリ。又童二人来テ、左右ノ手トオボシキ所ヲ捕ヘテ、文学ガ頭ヨリ足手ノ爪サキマデ、シト〳〵トナデクダシケレバ、イテ凍タリツル身モ皆トケテ、文学、人心地付テ生出《いきいで》ニケリ。

文学息ノ下ニテ、「サテモ我ヲトラヘテナデ給ツル人ハ、誰ニテ渡ラセ給ツ[3]ルゾ」ト問ケレバ、「未《いまダ》レ知ヤ、我ハ大聖不動明王ノ御使ニ、金迦羅、制多伽ト云《いふ》二人ノ童子ノ来タルゾ。怖《おそるる》心有ベカラズ。汝此《この》瀧ニ被《れむ》レ打《うた》ト云願ヲ発《おこし》タルガ、其願ヲ不《はたさず》レ果シテ命終ルヲ明王御歎アテ、『此瀧ケガスナ。アノ法師ヨリテ助ケヨ』ト被《おほせられ》レ仰ツル間、我等ガ来タルナリ」トテ帰リ給ヘバ、文学、「不思議ノ事ゴサムナレ。サルニテモイカナル人ゾ。世ノ末ノ物語ニモセム」ト思テ、立還テ見ケレバ、十四五計《ばかり》ナル赤頭[4]ナル童子二人、雲ヲワケテ上《のぼりたまひ》給ニケリ。文学思ケルハ、「是程ニ明王ノ守給ワンニハ、此次《ついで》ニ今三七日打レム」

1 「ツヽラ」、底本のまま。「ツラヽ」とあるべきか。
2 「瀧ノ」、長門本「あるものゝ瀧の」。脱字か。
3 「ラ」、傍書補入。
4 「赤頭」、長門本「あかかしら」

ト云願ヲ発《おこし》テ、即《すなはち》又被レ打ケリ。

其後《そののち》文学ガ身ニハ水一《ひとつ》モアタラズ。マレニモレテ当ル水ハ温《ゆ》[1]ノ如シ。カヽリケレバ、「イクカ、幾月ウタルトモ、イタミト思ベキニアラズ」トテ、思ノ如ク三七日打レニケリ。遂ニ宿願ヲ遂タル[2]モ、「文学ナレバ、サモ有ケム」トゾ聞《きく》人皆怖《をぢ》アヒケル。

1　「温」、易林本節用集は、「温泉」を「ユ」と訓む。
2　「ル」、「リ」の上に重ね書き。

七　文学兵衛佐ニ相奉ル事

[1]カクテ伊豆国ニ下着《くだりつき》テ歳月ヲ経ケルホドニ、北条蛭ガ島ノ傍ニ那古耶ガ崎ト云処《いふところ》ニ、那古耶寺トテ、観音ノ霊地御《おは》シマス。文学彼《か》ノ所へ行テ、諸人ヲ勧テ草堂ヲ一宇造テ、毗沙門ノ像ヲ安置シテ、平家ヲ呪詛シケリ。「我《われ》ユルサレヲ蒙ラザラムカギリハ、白地《あからさま》ニモ里へ出《いで》ジ」ト誓テ、[2]行ススマシテゾ侍リケル。行法薫修ノ功ツモリ、大悲誓願ノ望深シ。昼ハ終日《ひねもす》ニ千手経ヲヨミ、夜ハ通夜《よもすがら》三時ノ行法ヲコタラズ。人此《これ》ヲ哀ミテ、オリ〳〵衣装ナムドヲ送レド

モ、請取ル事ハマレナリ。ナニトシテ時料ナムドモアルベシトハ覚ヘネドモ、同宿ナドモアマタアリ。所以《ゆゑ》ニヲチコチ人ノ旅人ハ[3]、炉壇ノ煙リニ心ヲスマシ、礒部ノ海人ノ梶枕、燈炉ノ光ニ夢モムスバズ。千鳥、白鷗、喚子鳥、懺法ノ声ニ伴ヒテ、仏法僧トモナリヌベシ。海人漁翁ノスナドリモ、随喜ノ袂ニ露ヲソ、キ、東岸西岸ノ鱗《いろくづ》ハ、振鈴ノ音ニウカミヌベシ。霊山浄土ノ聖衆モ常ニハ此ニ影現シ、鷲峯鶏足ノ洞ノ内モ思ヤラレテ哀也。カ、リケレバ、伊豆国ノ目代ヲハジメ国中ノ上下諸人、悉ク信仰ノ頭《かうべ》ヲ傾テ随喜ノ趺[4]ヲ運ビ、帰依ノ思《おもひ》ヲナシテ、財施ノ蓄《たくはへ》ヲ送ル。雖レ然《しかり》ト、文学全《まつたく》世間ヲ諛《へつら》ヒ、憂身ヲ渡ラムトスル事ナカリケレバ、僅ニ身命ヲツギテ飢ヲ除ク計《ばかり》ノ外ハ不レ留メシテ返シケリ。誠《まことにそれ》夫文学ガ行法ノ功力ニ報恩謝徳ノ為ナラバ、悪業煩悩モキヘハテ、、無始ノ罪障絶ヌベク、現世安穏ノ祈ナラバ、三哭七難ヲ遠ク退《しりぞけ》テ、寿福ヲ久ク心ニ任《まかせ》ツベシ。祈精モ仏意ニ相応シ、所願モ我身ニ成就スラムト貴カリケル形儀也。

1　この章の冒頭には数字は書きこまれていない。
2　「スス」、行末行頭。衍字か。
3　「旅人ハ」、長門本「たひねには」
4　趺は、かかとの意。趺アナウラ（類聚名義抄）

如レ此行《かくのごとくおこなひ》スマシテ有ケレバ、彼《かの》御堂ニ目代等ガ沙汰トシテ、三十余町ノ免田ヲ[1]寄タリケルガ、今ニ有《ある》コソイミジケレ。此ノ堂ノソバニ又温屋《ゆや》ヲ立テ、一万人ニ浴ス。或時折烏帽子ニ紺小袖二《ふたつ》キテ、白キ小袴ニ足駄ハキテ、黒漆《こくしつの》野太刀脇ニカヒハサミテ杖突《ツキ》タル男一人来テ、湯屋ノ左右ヲ見廻ス。文学ハ目モ持《もて》アゲズ釜ノ火タキテ居タリ。[2]又タカシコ、[3]カヒ付テ、黒ヌリノ弓持タル冠者一人来《きた》ル。先ニキタリツル人ノ下人トオボシクテ共ニアリ。小童部共、「兵衛佐殿コソオワシタレ」ト云テ、サヽヤクメリ。其時、「サテハ聞ユル人ニコソ」ト思テ、ヤワラ顔ヲモテ上《あげ》テミケレバ、彼《かの》人湯ニヲリヌ。共ニアル男来テ、「ヤ御房、湯ノ呪願トカヤシテ、人ニアムセマヒラセヨ」トイヘバ、「カヤウノ乞食法師、近ク参ラムモ恐《おそれ》アリ。[4]カヒゲニ湯ヲクミナタベ。コヽニテ、トモカクモ呪願ノマネカタセム」ト云ケレバ、云《いふ》ガ如《ごとく》ニシテ湯ヲ浴ラル。未《いまだ》余人ハヨラズ、共ノ男ハ文学ガソバニ居テ、火ニアタル。

文学忍ヤカニ、「是ハ流《ながさ》レテオワシマスナル兵衛佐殿歟」ト問ケレバ、男ニガ咲《わらひ》テ物モイワズ。文学、「コレゾ此入道ガ相伝ノ主ヨ」ト云ケル時、男申ケルハ、「主ナラバ見知《みしり》奉《たてまつり》給《たまひ》タルラムニ、事アタラシク問給《とひたまふ》物哉」ト云ケレバ、文学申ケルハ、「ソヨ。此殿少《をさな》クオワシマシ、ホドハ、宮仕《みやづかへ》キ。カヤウニ乞食法師ニナリテ後ハ、国々迷《まどひ》アリクホドニ、参《まゐり》ヨル事モナシ。ヨニヲトナシクナラレタリ。人ハ名乗ノヨカルベキゾ。頼朝ト云《いふ》名ノ吉《よき》ゾ。大将軍ノ相モオワスメリ。君ニ申テ[5]、貴賤上下集ル湯屋ナムドヘハ出給ラメ。人ハ憶持アルコソヨケレ。法師トテモ敵ニテアラムハ可レ難カル歟。人ニ頸バシ切ラレウトテ、不覚ノ人哉」ト云ケレバ、此男、「不思議ノ聖ノヒタ心哉」ト思ヘドモ、トカク云《いふ》ニモ不レ及シテ、「アマリ雑人多《おほく》候ニ、ハヤ上《あが》ラセ給ヘ」ト主ヲ勧テ立《たつ》所ニ、此由ヲ主ニサヽヤキタリケルニヤ、此男立返テ、「里ニ出タラム時ニハ必《かならず》尋テオワセヨ」ト、文学ガ耳ニサヽヤキケレバ、「ソヨヤ。殿下リハテバ見参ニ入ラバヤト思シカドモ、サスガ事シゲク推参セムモ無レ骨《こちなく》テ罷過ツルニ、今日ノ便宜《びんぎ》ニ御目ニカヽリヌル事コソウレシケレ。隙《ひま》ニハ必ズ

1 「リ」、「ル」の上に重ね書き。
2 たかしこ（竹矢籠）〈貞丈雑記〉
3 「カヒ付テ」、長門本「つけたる」
4 「ヒ」、傍書補入。Caigue カイゲ（掻笥）柄杓の一種（日葡辞書）
5 「申テ」の後に脱文あるか。長門本「君に申てちよくかんをもゆり、父のはちをもすゝかんとはおほさぬか。されはこそかかるきせん上下あつまるゆやなとへは」

可《まゐるべし》レ参。先ニ申ツルソヾロ事、口ヨリ外ヘモラシ給《たまふ》ナ」トゾ云ケル。其後《そののち》兵衛佐ハハヅカシク覚シケレバ、彼温《かのゆ》ヘハオワセズ。

卅日計《ばかり》過テ、文学里ニ出タリツル次《ついで》ニ、サラヌ様《やう》ニテ兵衛佐ノ許ヘ尋来テ、佐、法花経読テ被レ居タル所ヘ被《られ》レ入レタリケレバ、文学手ヲスリテ、「尤《もつとも》本意ニ候。貴《たつとく》候」トテ、サメ〴〵ト泣《なく》。酒、菓子体《てい》ノ物取出[1]シテ被レ勧テ後、「サテ御房、今日ハ閑《しづか》ニ居テ、世間ノ物語シテ遊給ヘ。ツレ〴〵ナルニ」ト宣ケレバ、文学、兵衛佐ノ膝近《ちかく》居ヨテ申ケルハ、「花一時、人一時ト申《まうす》譬《たとへ》アリ。平家ハ世末《すゑ》ニナリタリトミユ。大政入道《にふだうの》嫡子小松内大臣コソ謀モ賢ク心モ強《かう》[2]ニテ、父ノ跡ヲモ可《つぐべき》レ継人ニテオワセシガ、小国ニ相応セヌ人ニテ、父ニ先立テ被《うせられ》レ失ヌ。其弟共アマタアレドモ、右大将宗盛ヲ始トシテ有若亡[3]ノ人共ニテ、一人トシテ日本国ノ大将軍ニ可レ成ヌ人ノミヘヌゾヤ。殿ハサスガ末タノモシキ人ニテオワスル上[4]、高運ノ相モオワス。大将ニ可ニ成給一相モアリ。サレバ小松殿ニ次《つい》デ、ワ殿ゾ日本国ノ主ト可ニ成給一人ニテオワシケル。今ハ何事カハ有ベキゾヤ。謀叛発《おこ》シテ日本国ノ大将軍ニ成給ヘ。父祖ノ恥ヲモ雪《きよ》メ、君ノ御欝《いきどほり》[5]ヲモ休《やすめ》奉リ給ヘ。且ハ『天ノ与《あたふる》ヲ取ラザレバ、還テ其咎ヲ受《うく》。事至テ行ハザレバ、還テ其殃《そのわざはひを》受ク』ト云《いふ》本文アリ。文学ハカク賤《いやし》ゲナレドモ、究竟ノ相人ニテ、左ノ眼ハ大聖不動明王ノ御眼也、右ノ眼ハ孔雀明王ノ御目也。人ノ果報シリテ日本国ヲ見通ス事ハ、掌《たなごころ》ヲ指《さす》ガ如シ。今モ末モ少《すこし》モ不レ違《たがはず》。イカサマニモ殿ヲバ大果報ノ人ト見申《まうす》ゾ。トク〳〵思立給ヘ。イツヲ期シ給ベキゾ」ト、ハヾカル所モナク細々ト申ケレバ、佐《すけ》被レ思ケルハ、「此聖ハ心深ク怖シキ者ニテ、流サル、程ノ者ナレバ、カク語《かたらひ》ヨリテ、モロク相《あひ》従《したがは》バ、頼朝ガ頸ヲ取テ平家ニ献《たてまつ》[6]リテ、己ガ罪ヲ遁《のがれむ》トテハカルヤラム」ト被レ思ワケレバ、佐《すけ》宣ヒケルハ、「去《いんじ》永暦元年ノ春ノ比《ころ》ヨリ、池殿尼御前ニ命ヲ被レ生《いけられ》奉テ、当国ニ住シテ既《すでに》廿余年ヲ送リヌ。池殿被レ仰《おほせらるる》旨アリシカバ、毎日法花経ヲ二部読奉テ、一部ヲバ池《いけの》尼御前ノ御菩提ニ廻向シ奉リ、一部ヲバ父母ノ孝養ニ廻向スル外ハ、又二ッ営ム事ナシ。勅勘ノ者ハ日月ノ光ニダニモア

1 「取」、重ね書きあり。
2 強カウ（類聚名義抄）
3 「有若亡」、無能、無資格の意。文明本節用集に、「有若亡身」とある。
4 「ス」、傍書補入。
5 欝イキトホル（類聚名義抄）
6 献タテマツル（類聚名義抄）

タラズトコソ申伝タレ。争《いかで》カ此身ニテサ様《やう》ノ事ヲバ可ニ思立一」ト、詞ニハ宣ケレドモ、心中ニハ、「南無八幡大菩薩、伊豆、筥根両所権現、願《ねがはく》ハ神力ヲ与《あたへ》給ヘ。多年ノ宿望ヲ遂テ、且ハ君臣ノ御鬱《いきどほり》ヲ休メ奉リ、且ハ亡夫[1]ガ素懐ヲ遂ムト志深ケレバ、弘経、義明已下《いげ》ノ兵《つはもの》ニ契テ隙《ひま》ヲ伺《うかがはむ》モノヲ」ト被レ思ケレドモ、文学ニハ打解《うちとけ》ザリケリ。良久《ややひさしく》物語シテ、文学帰リヌ。

又四五日アリテ文学来リケレバ、佐《すけ》被ニ出逢一《いであはれ》タリ。「イカニ」ト宣ヘバ、文学懐《ふところ》ヨリ白キ布袋ノ持《もて》ナラシタルガ中ニ、物入タルヲ取出タリケレバ、佐、「ナニヤラム」ト怪シク被レ思ケルニ、文学申ケルハ、「是コソハ殿ノ父ノ故下野殿ノ頭《かうべ》ヨ。去《いん》ジ平治ノ乱ノ時、左ノ獄門ノアフチノ木ニカケラレタリシガ、程経《へて》後ニハ目モ見カケズ、木ノ下ニ落テ有シヲ、是ヘ可レ被レ流ト兼テ聞タリシ時ニ、年来《としごろ》見奉リタリシ本意モアリ、又世ハヤウアル物ナレバ、自《おのづか》ラ殿ニ参合《まゐりあふ》事アラバ献《たてまつ》ラムトテ、獄預《ひとや》[2]リノ下部《しもべ》ヲスカシテ乞取テ、持経ト共ニ頸ニ懸テ、人目ニハ吾《わが》親ノ首《かう》ベヲ貯《タクハ》ヘタル様ニテ、京ヲ被レ流テ出シ時、何《いか》ニモシテ、世ヲ取《とる》人ヲ旦越ニシテ、本意ヲ遂《とげむ》ト思シ志ノ深サヲ、三宝ニ祈テ声ヲ上グ。『我《わが》願成就セヨ』トヲメキ叫テ、物モクワデ有シカバ、見聞人《けんもんのひと》ハ皆、『文学ハ天狗ノ付テ、物ニ狂《くるふ》カ』ナド申アイタリキ。今ハ其《その》願満《みち》ヌ。サレバニヤ、殿《との》世ニオワシテ、此法師ヲモカヘリミ給へ。此料ニコソ年来貯《タクワヘ》持テ侍シガ、念仏読経ノ声ハ魂魄ニ聞ヘテ、滅罪ノ道トナラレヌラム」トテ、サメ〳〵ト泣ケレバ、「人ノ心ヲ引見《ひきみ》ム料ニ、何トナク云《いふ》カト思タレバ、マメヤカニ志ノ有ケル事ノ哀サヨ。定テ此世一《ひとつ》ノ事ニテハアラジ」ト被レ思ケレバ、一定ハシラネドモ、父ノ頭《かうべ》ト聞《きく》ヨリナツカシク覚ヘテ、直垂ノ袖ヲヒロゲテ泣《なく》〳〵請取《うけとり》テ、経机ノ上ニ並[3]テ、吾身ヲ打覆テ、「哀ナリケル契哉」トテ、涙ヲゾ浮ベラレケル。後ニコソ謀《はかりこと》トモ知セケレ、其時ハ実《まこと》ト被レ思ケレバ、自《おのづか》ラ其後ハ打解《うちとけ》ラレニケリ。「又」ト契テ、文学帰リヌ。

サテ彼首《かのかうべ》ヲ箱ニ入テ、仏前ニヲキテ、兵衛佐被レ誓ケルハ、「誠ニ我《わが》父ノ首ニテオワシマサバ、頼朝ニ冥加ヲ授ケ給へ。頼朝世ニアラバ、過ニシ御恥ヲモ

1 「夫」、「父」の当字。
2 獄ヒトヤ（類聚名義抄）
3 「並」、「置」の誤写か。

雪《きよ》[1]メ奉リ、後生ヲモ助奉ラム」トテ、仏経ニ次[2]テハ、花ヲ供ジ香ヲ焼《たき》[3]テ供養ゼラル。

其後《そののち》、文学又来リケレバ、佐《すけ》対面シテ、「サテモイカヾシテ勅勘ヲユリ候ベキ。サナクハ何事モ思立《おもひたつ》ベクモナシ。イカサマニモ道アル事コソ始終モヨカルベケレ。サテモ藤九郎盛長ヲ共ニテ、三島ノ社へ夜々一千日ノ日詣[4]ヲセシニ、一千日ニ満ゼシ夜、通夜シタリシ夜ノ夢ニ、三島ノ東ノ社ヨリ猶《な》ヲ東へ一町計《ばかり》ヘダテ、、第三ノ前[5]ニ大ナル杋木[6]アリ。其《その》王子ノ所ヲ猶《なほ》東へ一町計行テ、又大ナル柞《ハヽソ》[7]木アリ。此ノ木二本ガ間ニ鉄《くろがね》ノ縄ヲ張テ、緋《ひ》糸ヲスガリニシテ、平家ノ人々ノ首ヲカケ並ベタリシトミタレバ、何《いか》ナルベキ事ヤラム」ナムドマメヤカニ宣ケレバ、[8]「其事安シ。タベ。京へ上テ院宣申テ献《たてまつ》ラム」。「其身ニテ、ヤハカ叶《かなふ》ベキ」。文学申ケルハ、「院ノ近習者ニ前右衛門督光能卿ト云《いふ》人アリ。彼《かの》仁ニ内々ユカリアリテ、年来申承《まうしうけたまはる》事アリ。彼仁ノ許へ密《ひそか》ニマカリテ、此由ヲ申《まうす》ベシ。『物狂《ぐるはし》ク、イヅチトモナク失《うせ》タル物哉』トオボスナ。カヤ

1　雪キヨム（類聚名義抄）
2　「次テハ」、長門本「つゐてには」
3　焼タク（類聚名義抄）
4　「詣」、底本「指」とあるのを改めた。
5　「前ニ」、長門本「王子のまへに」
6　「杋木」、長門本「くすの木」
7　「柞木」、長門本「楠木」
8　この前に脱文あるか。長門本「それ

ウノ入道法師ハ振舞安キ上、三七日定ニ入ル事アリ。其間ハ、『人ニモ対面モスマジキ由ヲ披露セヨ』トテ、弟子ニ申置テ、忩ギ上ルベシ」ナムド、サマ〴〵ニ契テ出ヌ。ヤガテ京ヘ上ル。

は殿の天下をうちたいらけて、朝てき平氏の一もんをほろほし給はむする事うたかいあるへからすとそ申ける。はた又勅かん申ゆるし奉らん事やすし。たへ。京へ上て」

八　文学京上シテ院宣申賜事

其時《そのとき》院ハ福原ノ楼ノ御所ニ渡《わたら》セ給ケルニ、夜ニマギレテ光能卿ノ許ヘ行テ、人ニモ知《しら》レズ、アル女ヲ以テ密《ひそか》ニ文ヲ遣シタリケレバ、光能卿見参シ給テ、「サテモ〱、夢ノ様ニコソ覚レ。イカニ〱」ト被レ問ケレバ、文学近ク差寄《さしより》テ、「藪ニ目、壁ニ耳アリト云《いふ》事、イト忍テ申合《まうしあはす》ベキ事アリテ、態《わざ》ト人ニモシラレズ、夜ニマギレテ参テ候也」ト云《いひ》テ、サ、ヤキケルハ、「伊豆国ニ候兵衛佐頼朝コソ、院ノカクテ渡ラセ給事ヲバ承リ歎テ、『院宣ダニモ給ハリタラバ、東八个国ノ家人相催テ京ヘ打上テ、君ノ御敵平家ヲバヤスク滅シテ、逆鱗ヲモ休奉リ、人々ノ歎ヲモシヅメテム物ヲ』ト申候ヘバ、大名小名一人モ随ワヌ者ナシ。此様《このやう》ヲ密《ひそか》ニ法皇ニ申サセ給ヘ」ト云ケレバ、光能卿、「誠ニ君モカク打籠《こめ》ラレサセ給テ、世ノ務《まつりごと》ヲモシロシメサズ。我モ参議、右兵衛督、皇大后宮権大夫、三官ヲミナナガラ平家ニ被㆑止テ、心ウシト思歎居タリ」ト被㆑思ケレバ、「イカサマニモ隙《ひま》ヲ伺テ、御気色ヲ取《とる》ベシ。カク宣《のたまふ》モ可㆑然事ニテコソ有ラメ。今二三日ノホドハ是ニオワセヨ」トテ其夜モアケヌ。

次朝《つぎのあさ》光能卿院参セラル。夕《ゆふべ》ニ帰テ、「彼《かの》事可㆑然隙《ひま》ナクテ、未《ダ》㆑奏《ズ》也」トアリケレドモ、文学猶カタスミニカヾマリ居タリ。次《つぎの》日参給テ、夜深《ふけ》テ被㆑出タリ。御ユルサレヤ有ケム、院宣ヲ書テ賜タリケルヲ、文学賜テ頸ニ懸テ、夜昼五个日伊豆国ヘ走下リテ、兵衛佐ニ献《たてまつ》リタリケレバ、手洗《あらひ》口嗽《ソヽイ》デ紐サシテ、院宣ヲ見給《たまふ》ニ、其状ニ云《いはく》、

可㆔早ク追㆓討ス清盛入道并一類㆒ヲ事

右、彼ノ一類非ズ㆔忽㆓緒ノミニ朝家㆒ヲ、失㆓ヒ神威㆒ヲ、亡㆓シ仏法㆒ヲ、既ニ為㆓リ仏神ノ怨敵㆒、且為㆓リ王法ノ

朝敵一。仍テ仰テ二前ノ右兵衛佐源ノ頼朝ニ一、宜[2]クベキレ令下追二討シテ彼ノ輩ヲ一、早ク奉ル[3]上レ息メ二逆鱗ヲ一之状、

依二院宣ニ一執奉[4]如レ件

治承四年七月六日

前右兵衛督藤原光能奉

前右兵衛佐殿へ[5]

早く清盛入道幷びに一類を追討すべき事

右、彼《か》の一類は朝家を忽緒するのみに非ず、神威を失ひ仏法を亡ぼし、既に仏神の怨敵たり、且《かつ》は王法の朝敵たり。仍て前右兵衛佐源頼朝に仰せて、宜しく彼の輩を追討して、早く逆鱗を息《やす》め奉らしむべき状、院宣に依り執達件《くだん》のごとし。

治承四年七月六日[6]

前右兵衛督藤原光能奉

前右兵衛佐殿へ

トゾ被レ書タリケル。

1 務マツリコト（類聚名義抄）
2 「宜」、再読文字。左に「下ヘキ」。「下」は返点。「令」につくのが正しい。訂した。
3 「奉」、送仮名「ル」、底本のまま。「ラ」とあるべき。
4 「奉」、底本のまま。「達」が正しい。
5 「兵」、傍書補入。
6 「六日」、覚一本「十四日」、盛衰記「五日」。

兵衛佐此《この》院宣ヲ見給テ、泣々都ノ方ヘ向テ、八幡大菩薩ヲ拝奉リ、当国ニハ、伊豆、箱根二所ニ願ヲ立テ、先《まづ》北条四郎ニ宣合《のたまひあはせ》テ思立給ヘリ。石橋ノ合戦ノ時モ、白旗ノ上ニ此院宣ヲ横ニ結付ラタリケルトゾ聞ヘシ。[1]

同院宣異本云、[2]

頃[3]年以来、平氏蔑二如皇化ヲ一、無レ憚クニ政道一、破二滅仏法ヲ一、欲レ傾ムトニ朝威ヲ一。夫吾朝者神国也。宗廟相並テ神徳是新也。故朝庭開基之後数千余載サイ之間、傾ケニ帝猷一、危ムルニ国家ヲ一者、皆以莫レシ不云コトニ敗北一。然則且ハ任二神道之冥助ニ一、且ハ守二勅宣之旨趣ヲ一、誅二平氏之一類ヲ一、退テ二朝家之怨敵一、継ギ二普代弓箭之兵略ヲ一、抽デ、二累祖奉公之忠勤ヲ一、可二立レ身ヲ興スレ家ヲ者。院宣如レ此。仍執達如レ件。

治承四年七月　日　　前右兵衛督奉判

前兵衛佐殿

頃年《しきんのとし》より以来《このかた》、平氏皇化を蔑如し、政道を憚ること無く、仏法を破滅し、朝威を傾けんと欲《す》。夫れ吾朝は神国なり。宗廟相並びて神徳是《これ》新たなり。故に朝廷開基の後数千余載の間、帝猷を傾け、国家を危むる者は、皆以て敗北せずといふこと莫し。然れば則ち且は神道の冥助に任せ、且は勅宣の旨趣を守り、平氏の一類を誅し、朝家の怨敵を退けて、普代弓箭の兵略を継ぎ、累祖奉公の忠勤を抽《ぬき》んでて、身を立て家を興すべしてへり。院宣此《かく》のごとし。仍て執達件《くだん》のごとし。

治承四年七月　日　　前右兵衛督奉判

前兵衛佐殿

云々。[4]

九　佐々木者共佐殿ノ許へ参事

兵衛佐被レ流《ながされ》給テ後廿一年ト申《まうす》ニ、此《この》院宣ヲ給《たまはり》テ、北条四郎時政ヲ招寄テ、

1　「ララ」、底本のまま。「ラレ」とあるべきか。長門本「られ」
2　以下、院宣と共に底本は二字下げ。
3　「頃」、底本のまま。「頃」とあるべき。
4　「云々」、底本は、「前兵衛佐殿」の下に小書。

「平家ヲ可二追討一之由《よし》院宣ヲ給《たまはり》タルガ、当時勢ノナキヲバイカヾハスベキ」ト宣ヘバ、時政申ケルハ、「東八个国ノ内ニ、誰カ君ノ御家人ナラヌ者ハ候。上総介八郎広経、平家ノ御勘当ニテ、其《その》子息山城権守能経、京ニ被二召籠一候ツルガ、此程逃下テ用心シテ候ト承ル。上総介八郎広経、千葉助経胤、三浦介義明、此三人ヲ語《かたら》ワセ給ヘ。此三人ダニモ随付《したがひつき》マイラセ候ナバ、土肥、岡崎、懐島《ふところじま》ハ本《もと》ヨリ、志思ヒ奉ル者共デ候ヘバ、参候ワンズラム。若《も》シ君ヲツヨク射《セキ》[1]マヒラセ候ワムズルハ、畠山庄司次郎重忠、同従父兄弟稲毛三郎重成、是等ガ父畠山庄司重能、同舎弟小山田別当有重兄弟二人、平家ニ仕ヘテ京ニ候ヘバ、ツヨキ敵ニテ候ベシ。相模国ニハ鎌倉党大庭三郎景親、二代相伝ノ御家人ニテ候ヘドモ、当時平家ノ大御恩者ニテ候之間、君ヲ可レ奉レ背者ニテ候。広経、経胤、義明、是等三人ダニモ参候ナバ、日本国ハ御手ノ下ニ思食《おぼしめす》ベシ」ト申ケレバ、其言実《そのことばまこと》アテ、其舌《そのした》弁有ケレバ、頼朝深ク信《しんじ》テケリ。時政若《もし》知二天之時一歟、将又《はたまた》得《えたるか》二兵之法一歟、其詞《そのことば》一事トシテ違《たが》フ事ナカリケリ。昔晋[2]文信《ブンシン》[3]二勃鞮《ホクテイ》[4]之言一ヲ以テ舊《フルテ》[5]レ威ヲ愕《ヲドロカシ》、斉ノ桓用《クワンヨウ》[6]二管仲《クワンチウ》之計一以匡《タヾシウ》[7]二天下一セリキ。今頼朝[8]与二時政一合レ体ヲ同レ心シテ、運《メグラサバ》二籌《ハカリコト》ヲ於氈《ボウ》[9]帳之中一ニ、烏合群謀之賊、束《ツカネ》二手ヲ於軍門一ニ、決シ二勝ヲ於烏塞之外一ニ[10]、狼戻反逆之徒伝《ラ》[11]二首ヲ於京都一ニ。天下遂《トゲ》[12]平定テ、海内永一統《カイ》[13]セリ。誠哉、「得二其人一ヲ則《すなはち》其国以《もつて》興リ、失テ二其人一則其国以亡《ほろぶ》」ト言ヘルコトハ。

兵衛佐宣ケルハ、「院宣ヲ賜リヌル上ハ、日月ヲ送ルニ及バズ。ヤガテ今日明日ニモトイソギタクハ存ズレドモ、来《きたる》八月十五日以前ニハ、イカニモ思立《おもひたた》ジト思《おもふ》也。其《それ》ハイカニトイフニ、今明謀叛ヲ発《おこ》シテ合戦ヲスルナラバ、諸国ニ被レ祝《いははれ》マシマス八幡大菩薩ノ御放生会ノ為ニ定テ違乱トナリナムズ。然レバ彼《か》ノ放生会以後シヅカニ可二思立一」ト宣ケレバ、時政、「尤《もつとも》可レ然」トテ、月日ノ過行《すぎゆく》ヲ待給ケルホドニ、八月九日、大庭三郎京ヨリ下リタリケルガ、佐々木ノ三郎秀義ヲヨビテ申ケルハ、「長田入道、上総守ガ許へ、『伊豆ノ兵衛佐殿ヲ北条四郎、掃部丞引立奉テ、謀叛ヲ発《おこ》サントス支度仕ルヨシ承ル。忩ギ召上《めしのぼせ》

1　「射」、ルビ底本のまま。長門本「るまいらせ候はんするものは」
2　「晋」に声点⑦、「文」に声点⑦
3　「信」、左に「シテ」と送仮名あり。「しんジテ」と訓むか。
4　「勃」に声点③、「韃」に声点⑦「もちふるコトを」か。
5　底本「旧」の正字。当字一覧参照。
6　「用」、左に「コト」と送仮名あり。
7　「匡」、左に「タ、セリ」とルビ。
8　以下、訓読する。
今頼朝、時政と体を合せ心を同じくして、籌《はかりこと》を氈帳の中に運《めぐら》さば、烏合群謀の賊、手を軍門に束ね、勝を烏塞の外に決し、狼戻反逆の徒《ともがら》、首を京都に伝ふ。天下遂に平定して、海内永く一統せり。誠なるかな、「その人を得れば則ちその国以て興り、その人を失ひて則ちその国以て亡ぶ」と言へることは。
9　「氈」、ルビ底本のまま。「セン」とあるべきか。
10　「烏」に「辺歟」と傍書。
11　徒トモカラ（類聚名義抄）
12　「遂」、ルビ「ツヒニ」とあるべき。
13　「統」、ルビ底本のまま。

テ、隠岐国へ被レ流候ベシ』ト云文《いふ》ヲ遣シタリケルヲ、上総守取出テ、景親ニミセ候シカバ、『掃部丞ハヤ死候ニキ。北条四郎ハサモ候ラム』ト申タリシカバ、『イカサマニモ大政入道殿ノ福原ヨリ上ラセ給タラムニ見セマイラセム』トテ、銘書《かき》テ置候キ。此度高倉宮ノ三井寺ニ引籠ラセ給テ後ハ、国々ノ源氏一人モアラスマジト候シカバ、ヨモタヾニハ候ワジ」トゾ語ケル。秀義浅猿《あさまし》ト思テ、忩ギ宿所ニ帰リテ、「景親カヽル事ヲコソ語申ツレ」ト、伊豆エ告申《つげまうさ》ムトシケルニ、「三郎ハ勘当ノ者也。二郎ハ未《いまだ》佐殿ノ見知給ワズ。大郎行《ゆけ》」トテ、下野ノ宇都宮ニ有ケル大郎定綱ヲ呼テ、「北条ニ参テ可レ申様《やう》ハ、『御文ハ落散ル事モゾ候トテ、態《わざ》ト定綱ヲ参ラセ候。日来内々御談義候シ事ヲ、景親モレ聞《きき》タリゲニ候ゾ。思食《おぼしめし》タ、バイソガルベシ。サナクハ、トクシテ奥州へ越サセ給へ。是マデハ藤九郎計《ばかり》ヲ具《ぐし》テ渡《わたら》セ給へ。子共ヲ付《つけ》テ送申ベシ』」トテ遣《つかはし》ケリ。

十二日、定綱帰来テ、「此事委《くはしく》申テ候シカバ、『頼朝モ先立テ聞タルナリ。召《めし》ニ遣《つかはさ》ムト思ツルニ、誰シテ可レ云トモ思煩テ有ツルニ、神妙《しんべう》ニ来《きたり》タリ。サラバヤガテ是ニ居ルベシ』ト留給ツレドモ、『忩《いそぎ》罷帰テ、弟共ヲモ具シ、物具ヲモ取テ参候ワム』ト申シカバ、『サラバヨシ、キタラム人ニモキカレナムズ』ト宣ケレバ、サマ〳〵ノ誓言《チカコト》ヲ立テ候シカバ、『サラバトク[1]帰テ、十六日ニハ必ズ来レ。汝等ヲ待付《まちつけ》テ、伊豆ノ物[2]共ヲ具シテ、兼隆ヲバ討ムズルナリ。但《ただし》二郎ハ渋屋庄司ガ聟ニテ、子ニモ劣ズ思タムナレバヨモ与《くみ》セジ。三郎計《ばかり》ヲ具セヨ』ト候シ」ト申ケレバ、二郎経高是《これ》ヲ聞テ申ケルハ、「三郎ニモ四郎ニモナ告給ソ。ソレラハイカニモ思キルマジキ者也。兵衛佐殿、サ程ノ大事ヲ思《おもひ》立給《たちたまふ》ニ、人ヲバ不レ可レ知、経高ニヲキテハ善悪可レ参」ト申ケレバ、「サラバ」トテ、ヤガテ相模ノ波多野ニ有ケル三郎盛綱ガ許へ使者ヲ走ラカス。四郎高綱ハ近年平家ニ奉公シテ有ケルガ、兵衛佐謀叛ノ企《くはたて》有ヨシ聞ヘケレバ、浮雲ニ鞭ヲアゲテ東国へ馳下《はせくだり》テ、大郎許《たらうがもと》ニ隠居《かくれゐ》タリケルガ許ヘモ、同ク使者ヲゾ遣シケル。ツヽムトスレドモ景親是《これ》ヲ伝聞《つたへきき》テ、「イカヾスベキ」ト、国中人々

1　「ク」、墨滅。右に「ク」と傍書。
2　「物」、「者」の当字。

ニ云合スルヨシ聞ヘケリ。

サル程ニ、佐々木ノ者共兄弟四人馳集《はせあつまり》テ、夜中ニ北条ヘ行ケルニ、二郎経高ガ舅渋屋庄司、人ヲ走《はしら》カシテ経高ニ申ケルハ、「何《いか》ニ人ヲ迷《まど》ハサムトハスルゾ。コト人共ハ行《ゆく》トモ、経高一人ハ留ルベシ」ト云遣《いひつかは》シタリケレバ、経高申ケルハ、「殊[1]人々コソ恩ヲモ得タレバ大事トモ思ラメ、経高ハサセル見《みえ》タル恩モナケレバ、更ニ大事トモ思ワズ。カク云《いふ》ニ留ラズハ、妻子ヲトテ[2]、イカニモコソハナサムズラメ。思切テ出《いでし》事ナレバ、全ク妻子ノ事心ニカヽラズ。サリトモ佐殿世ヲ執《とり》給ハヾ、経高ガ妻子ヲバ誰カハ取ハツベキ」ト散々ニ返答シテ打通リヌ。

1　「殊」、「異」の当字。
2　「トテ」、「取リテ」の促音便。

十　屋牧判官兼隆ヲ夜討ニスル事

猿《さる》程ニ十六日ニモナリニケリ。兵衛佐、北条四郎ヲ召テ宣ケルハ、「日来月《ひごろ》日ノ立《たつ》ヲコソ待ツレバ、今夜、平家々人当国《たうごくの》目代和泉判官兼隆ガ屋牧館ニアムナルヲ、ヨセテ夜討ニセムト思《おもふ》ナリ。若打損《もしうちそんじ》タラバ自害ヲスベシ。討《うち》ヲホセタラバ、ヤガテ合戦ヲ思立《おもひたつ》ベシ。是ヲ以テ頼朝ガ冥加ノ有無[1]ハ、ワ人共ガ運不運ヲバ、知《しる》ベシ。但《ただし》佐々木ノ者共ガサシモ約束シタリシガ、未《いまだ》見ヘヌコソ本意ナケレ」ト宣《のたまふ》。時政申ケルハ、「今夜ハ当国ノ鎮守三島大明神ノ神事ニテ、当国中ニ弓笑[2]ヲ取《とる》事候ワズ。且ハ佐々木ノ者共ヲモ待セ給《たまへ》。吉日ニテモ候、明日ニテ候ベシ」トテ出ニケリ。

猿《さる》程ニ、佐々木兄弟、十七日未《ひつじの》時計《ばかり》北条ヘ馳付《はせつき》タリケレバ、兵衛佐殿ハ合《あはせ》ノ小袖ニ藍摺ノ小袴キ給テ、烏帽子ヲシテ、姫君ノ二計《ふたつばかり》ニヤヲワシケム、ソバニヲキテオワシケリ。是等ガ来《きた》ル事見給テ、ヨニウレシゲニ思《おぼ》シテ、「イカニ経高ハ渋屋ガ不レ浅《あさからず》思タムナレバ、ヨモ参ラジト思ツルニ、イカニシテ来タルゾ」ト宣ケレバ、「千人ノ庄司ヲ君一人ニ思替参《おもひかへまゐら》セ候ベキニ候ワズ」ト申ケレバ、「サホドニ思ハム事ハ、トカク不レ及レ云《いふにおよばず》。頼朝ガ此事ヲ思立《おもひたつ》ハ、ワ人共ガ世トハシラヌカ」ト宣ケレバ、「只今世ヲ世ナラヌ事マデハ思候ワズ。

1 「ハ」、長門本になし。
2 「笑」、「矢」に同じ。

タヾカホドノ大事ヲ思食立《おぼしめしたた》ムニ、今日参リ候ワデハ、イツヲ期《ごし》候ベキト存ズル計《ばかり》ニ候」ト申ケレバ、「頼朝ハ本《もと》ハ肥《こえ》タリシガ、此百余日計《ばかり》、夜昼此事ヲ案ズルホドニ、ヤセタルゾ。抑《そもそも》今日十七日丁酉ヲ吉日ニ取テ、此暁、当国《たうごくの》目代和泉判官平兼隆ヲ誅セムト思ツルニ、口惜《くちをしく》モ各《おのおの》昨日ミヘヌニヨリテ、今日ハサテヤミヌ。明日ハ精進ノ日也。十九日ハ日次《ひなみ》アシ。廿日マデ延《のべ》バ還テ景親ニ襲《ネラ》ハレヌト覚ルナリ」ト宣ケレバ、定綱申ケルハ、「十五日ニ参ベキニテ候シホドニ、三郎、四郎ヲモ待候シ上、折節此ホドノ大雨、大水ニ、思ワザルホカニ一日逗留シテ候」ト申ケレバ、「アワレ遺恨ノ事カナ。サラバ各《おのおの》ヤスミ給ヘ」ト宣ケレバ、侍ニ出テヤスミケルホドニ、日既《すでに》入テクラクナリヌ。シバラクアリテ、「各《おのおの》物具シテコレエ」ト有ケレバ、ヤガテ物具取付《とりつけ》テ参タリケレバ、佐《すけ》宣ケルハ、「是ニ有ケル女ヲ、兼隆ガ雑色男ガ妻ニシテ有ケルガ、只今是《これ》ニ来タルナリ。此《この》気色ヲミテ主ニ語《かたり》ナバ、一定襲ワレヌベケレバ、彼《かの》男ヲバ捕ヘテ置タルゾ。此上ハ、タヾトク今夜ヨリテ打《うつ》ベシ」ト宣ケレバ、十七日ノ子尅計《ばかり》、北条四郎時政、子息三郎宗時、同小四郎義時、佐々木太郎定綱、同二郎経高、三郎盛綱、同四郎高綱已下《いげ》、彼是《かれこれ》馬上歩人《かちびと》[1]トモナク、三十余人四十人計《ばかり》モヤ有ケム、屋牧館ヘゾ押寄《おしよせ》ケル。

門ヲ打出ケレバ、当国住人加藤次景簾《カド》[2]ハ下人ニ大刀計《ばかり》持セテ、只一騎、御宿直《とのゐ》ニトテ打通リケルガ、是等ガ打出《うちいづる》ヲミテ、「イカニ、何事ノアルゾ」トテ、ヤガテ打通リテ内ヘ入ニケリ。此《この》景廉ハ、元ハ伊勢国住人加藤五景員ガ二男、加藤太元員ガ舎弟也。父景員、敵ニ怖テ、伊勢国ヲ逃出テ伊豆国ニ下テ、公藤介茂光ガ聟ニ成テ居タリケリ。弓矢ノ道、兄弟イヅレモ劣ラザリケレドモ、殊ニ景廉ハクラキリナキ甲《かう》ノ者、ソバヒラミズノ猪武者ニテ有ケルガ、イカヾ思ケム、時々兵衛佐ニ奉公シケルガ、其夜《そのよ》兵衛佐ノ許ニヒソメク事有《あり》ト聞テ、「何事ヤラム」トテ行タリケルナリ。

サテ北条、佐々木者《ささきの》共ハ、ヒタ川原ト云《いふ》所ニ打出テ、北条四郎申ケルハ、「屋牧《やまきへ》渡ル堤《ツヽミ》ノ鼻ニ、和泉判官ガ一ノ郎等権守兼行ト云者アリ。殿原ハ先《まづ》ソ

1 歩カチ（類聚名義抄）
2 「簾」、底本のまま。

レヲヨリテ打給へ。時政ハ打通《うちとほり》テ、奥ノ判官ヲ政《タヤス》[1]ベシ」トテ、案内者ヲ付《つく》。定綱ハ彼《か》ノ案内者ヲ先トシテ、後《うしろ》ヘ搦手ニ廻ル。経高ゾ前ヨリ打入ル。未《いまだ》搦手ノ廻ラヌ先ニ打入テ見ケレバ、元ヨリ古兵《ふるつはもの》ニテ、待《まち》ヤ受タリケム、「サ知《しり》タリ」トテ、散々ニ射ル。敵ハ未申《ひつじさる》ニ向《むかひ》、経高ハ丑寅ニ向フ。月モアカヽリケレバ、互ノシワザ隠ルヽ事ナシ。寄合テ戦《たたかふ》ホドニ、経高薄手負《おひ》ヌ。サルホドニ高綱後ヨリ来加《きくははり》タリケルニ、矢[2]ヲバヌカセテケリ。サテ兼行ヲバ定綱、盛綱押合テ打ヲヽセツ。判官ガ館ト兼行ガ家ト間五町計《ばかり》也。敵打ヲヽセテ後、ヤガテ奥ノ屋牧ノ館ヘゾ馳通リケル。

兵衛佐ハ梃ニ被レ立《たたれ》タリケルガ、景廉ガ来《きたる》ヲ見給テ、「折節《をりふ》シ神妙ナリ。景廉ハ頼朝ガトギニ候ベシ」ト被レ置タリ。遥ニ夜深《ふけ》テ後、「今夜、時政ヲ以《もつて》兼隆ヲ誅《うち》[3]ニ遣《つかはし》ツルガ、『誅《うち》ヲヽセタラバ館ニ火ヲ懸《かけ》ヨ』ト云ツルガ、遥ニ成レドモ火ノミヘヌハ誅損ジタルヤラム」ト独言ニ宣ケレバ、景廉聞《きき》アヘズ、「サテハ日本第一ノ御大事ヲ思食立《おぼしめしたち》ケルニ、今マデ景廉ニシラセサセ給ハザリケル事ノ心ウサヨ」ト云マヽニ、ヤガテ甲《かぶと》ノ緒ヲシメテ、ツト出ケルヲ、兵衛佐、景廉ヲ召返テ、銀《しろかね》ノヒルマキシタル小長大刀[4]ヲ手《てづ》カラ取出給テ、「是ニテ兼隆ガ首ヲ貫テ参レ」トテ、景廉ニタブ。景廉是ヲ給《たまはり》テ走向《はしりむかふ》。歩人《かちびと》一人具シタリケル。兵衛佐ヨリ雑色一人被レ付タリケルニ長大刀ヲバ持《もたせ》テ、判官《はうぐわんが》館近《たちちかく》走テ見レバ、北条ハ家子《いへのこ》郎等多《おほく》手負《おひ》、馬共イサセテ白ミテ立タル所ニ、景廉来加《くははり》ケレバ、北条云ケルハ、「敵手ゴワクテ、已ニ五六度マデ引退《ひきしりぞき》タルゾ。佐々木ノ者共ハ、兼行ヲバ打テ、此館ノ後ヘ搦手ニ向タルナリ」ト云ヘバ、「シタ、カナラム者ニ楯突《ツカ》セテタベ。一宛《ひとあて》アテヽ、ミム」ト申ケレバ、北条、雑色男源藤次ト云ケル者ニ楯ツカセテ、馬ヨリヲリテ、弓矢ハ元ヨリ持《もた》ザリケレバ、一人ノ弓張[5]矢三筋カナグリ取テ、楯ノ影ヨリ進出テ、矢面ニ立タル敵三人、三ノ矢ニテ射殺シツ。サテ弓ヲバ抛《なげす》テヽ、長大刀ヲ茎短《みじか》ニ取成《とりなし》テ、甲《かぶと》ノシコロヲ傾テ打払テ、内ヘツト入《いる》。

侍ヲミレバ、高燈台ニ火白クカキタテタリ。其前ニ浄衣着タル男ノ、大長大

1 「政」、下の欄外に「断歟」とあり。「攻」の当字か。
2 「矢」、底本「失」とあるのを訂した。
3 誅ウツ（類聚名義抄）
4 「小長大刀」、長門本「小長刀」とある。後に、「長大刀」とあるところから、「長大刀」で「なぎなた」と訓むか。
5 「一人ノ弓張」、長門本「人の弓一ちやう」とある。

刀ノ鞘《サヤ》ハヅシテ立向ケルヲ、加藤次走違テ、小長大刀ニテ弓手ノ脇ヲサシテ、投臥《なげふせ》タリ。ヤガテ内ヘ責入テミレバ、額突《ヒタイツキ》ノ前ニ火ヲヲコシタリ。又火白クカキ立タリ。栩《フシ》唐紙ノ障子立タリケルヲ細目ニアケテ、大刀ノ帯取五六寸計《ばかり》引残テ、敵是《これ》ニ入タリト思テ見出《いだし》タリ。加藤次[1]ニ長大刀ヲ以テ障子ヲ差開テミレバ、和泉判官ヲバ住所ニ付《つき》テ八牧判官トゾ申ケル、判官片膝ヲ立テ、大刀ヲ額ニアテ、、入ラバ切ラムト思ヒタリゲニテ待懸タリ。加藤次シコロヲ傾テ入ラムトスル様ニスレバ、判官敵ヲ入《いれ》ジトムズトキル所ニ、上ノ鴨居ニ切付テ、大刀ヲ抜《ぬか》ムトシケルヲ、貫《ぬき》モハテサセズシテ、シヤ頸ヲ差貫《さしつらぬき》テ投伏テ、頸ヲカクヲ見テ、判官ガ後見ノ法師、元ハ山法師ニ注記ト云《いふ》者[2]ニテ有ケルガ、ツトヨル所ヲ二ノ刀ニ頸ヲ打落ツ。サテ主従二人ガ首ヲ取テ、障子ニ火吹付テ、心ノスムトシハハナケレドモ、

法花経ヲ一字モヨマヌ加藤次ガ八巻ノハテヲ今ミツルカナ

ト打詠《なが》[3]メテ、ツト出テ、「兼隆ヲバ景廉ガ討タルゾヤ」ト詈《ののし》リケリ。

判官ガ宿所ノ焼《やけ》ケルヲ兵衛佐見給テ、「兼隆ヲバ一定景廉ガ討ツルト覚《おぼゆ》ルゾ。門出吉《よし》」ト悦給ケルホドニ、北条、使者ヲ立テ、「兼隆ヲ景廉ガ討テ候ナリ」ト申タリケレバ、兵衛佐、「サレバコソ」トゾ宣ケル。景廉ハ非レ挙《アグルノミニ》二戦功於当時一ニ、専ラ残セリ二名望於後世一ニ。

1　「ニ」、不審。長門本「小」
2　「ニ」、補入か。
3　「メ」、「シ」の上に重ね書。

十一　兵衛佐ニ勢ノ付事

是ヲ始トシテ伊豆国ヨリ兵衛佐ニ相従《あひしたがふ》輩《ともがら》ハ、

北条四郎時政、子息三郎宗時、同小四郎義時、公藤介茂《シゲ》光、子息狩《カリ》野五郎親光、宇佐ノ[1]美平太、同平次、同三郎資茂、加藤太光員《カズ》、同舎弟加藤次景廉《カド》、藤九郎盛長、天野藤内遠景、同六郎、新田四郎忠経、義勝房成尋、堀ノ藤二親家、佐々木太郎定綱、同二郎経高、同三郎盛綱、同四郎高綱、七郎武者宣親、中四郎惟重、中八惟平、橘《キツ》次《ジ》頼村、鮫《サメ》島四郎宗房、近藤七国平、大見平次宗秀、新藤次俊長、小《コ》中太光家、城平太、沢六郎宗家、懐島平権守景能、同舎弟豊田次

1　「ノ」、底本のまま。「宇佐美ノ平太」とあるべき。

郎景俊、筑井次郎義行、同八郎義康、土肥次郎実平、同子息弥太郎遠平、新開荒次郎実重、土屋三郎宗遠、同小次郎義清、孫弥二郎忠光、岡崎四郎義実、佐奈多余一義忠、中村太郎、同次郎、飯田五郎、平左《サウ》右太郎為重、大沼《ヲヌマ》四郎、多毛三郎義国、丸五郎信俊、安西三郎明益等ヲ相具《あひぐし》テ、八月廿日相模国土肥へ越テ、時政、宗遠、実平如キノヲトナ共ヲ召テ、「サァ此上ハイカヾ有ベキ」ト評定アリ。

十二　兵衛佐国々へ廻文ヲ被遣事

実平、「先《まづ》、国々ノ御家人ノ許へ廻文ノ候ベキナリ」ト申ケレバ、「尤《もつとも》サルベシ」トテ、藤九郎盛長ヲ使ニテ、廻文ヲ遣サル。先ヅ相模国住人波多野馬允康景ヲ召ケレド[1]モ参ゼズ。上総介八郎広経、千葉介経胤ガ許へ院宣ノ趣ヲ仰遣《おほせつかはし》タリケレバ、「生《いき》テ此事ヲ承ル、身ノ幸ニアラズヤ。忠ヲアラワシ、名ヲ止メムコト、此時ニアリ」。昔[2]、魯連弁言シテ以退ケレ燕ヲ、包胥単《ハウショタン》辞シテ以

1　「ト」、「ハ」に重ね書。
2　以下、訓読する。

存レ楚ヲセリキ。盛長已ニ全二テ使節於戦術一ニ、動シテ二三寸之舌一ヲ、深ク蕩《タブレケレバ》[3]二二人之心一ヲ、経胤《タネ》等振二テ威勢於興衆一ニ、窟シテ[4]二八国之兵一ヲ、遂ニ治二四夷之乱一ヲケリ。夫《それ》弁士《シ》ハ国之郎[5]薬ナリ、智者ハ朝之明鏡ナリトイヘリ。此事誠ナルカナヤ。加之《しかのみならず》昔ノ晏嬰発二勇於雀杼一、程嬰顕《アラワセ》二義ヲ於趙武一ニリキ。今ノ経胤等、為二頼朝一忽ニ報クフ[6]二旧恩一ヲ、遂ニ立二新功一ヲ、彰ハシ二誉於四方一ニ、舊《フルヘリ》二名於百代一ニ。カヤフニ喜存《よろこびぞんじ》ケレバ、無二左右一領状申タリケレバ、各《おのおの》忩ギ馳向《はせむかは》ムトシケレドモ、渡リ余《あま》タアテ、船筏ニ煩《わづらひ》多カリケレバ、八月下旬ノ比《ころ》ヲイマデカ及バズ遅参ス。

山内首藤刑部丞俊通ガ孫、首藤瀧口俊綱ガ子共、瀧口三郎、同四郎ヲ被レ召ケレバ、良久《ややひさし》ク返事モセズ、盛長ヲ内ヘダニモ入ル、事ナクシテ、ハルカニ程ヲヘダテ、後ニ、盛長ニ出合《いであひ》テ、御使ノ返事ヲバセズシテ、散々ノ悪口ヲゾシケル。[7]利宗不レ知二逆順之分一ヲ、不レ弁二利害之用一ヲ。只恐二[8]強太之敵一ヲ、忽ニ背二真旧之主一ヲ、口ニ吐二亡言一ヲ、心ニ無シ二誠信一。頗ル非二勇士之法一ニ、偏ニ似タリ二狂人之体一ニ。四郎申シケルハ、「我等ガ父、保元ノ乱ニ六条判官殿ノ御共ヲ致シテ

昔、魯連弁言《まう》して以て燕を退け、包胥単辞して以て楚を存せりき。盛長すでに使節を戦術に全うして、三寸の舌を動かして、深く二人の心を蕩《とら》かしければ、経胤等威勢を興衆に振ひて、八国の兵を屈して、遂に四夷の乱を治めけり。それ弁士は国の良薬なり、智者は朝の明鏡なりといへり。この事誠なるかなや。しかのみならず昔の晏嬰勇を雀杼に発し、程嬰義を趙武に顕せりき。今の経胤等、頼朝の為に忽ちに旧恩を報ひ、遂に新功を立て、誉を四方に彰はし、名を百代に奮へり。

3 「タブレケレバ」のルビ、底本のまま。「タブル」は自動詞。
4 「窟」、「屈」の当字。
5 「郎」、右に「良歟」と傍書。
6 「報クフ」、底本のまま。
7 以下、訓読する。
利宗逆順の分を知らず、利害の用を弁へず。只強太の敵を恐れ、忽ちに真旧の主を背き、口に亡言を吐き、心に誠信なし。すこぶる勇士の法にあらず、ひとへに狂人の体に似たり。
8 「強」、底本「族」とあるが、異体字を誤ったものとみて訂した。

合戦シ、次ニ平治ノ軍《いくさ》ニ身命ヲステ、防戦《ふせきたたかひ》シカバ、親子二人終《つひ》ニ敵ノ為ニ被レ誅。而ル上者《は》、今兵衛佐殿ノ御共シテ、命ヲ失《うしなふ》ベクヤ侍ラム」。三郎是ヲ聞テ、盛長ガ聞《きく》ヲモ不レ憚、舎弟ノ四郎ニ申ケルハ、「和殿《わとの》ハ物ニ狂《くるふ》ナ。人ハ至テワビシク成ヌレバ、スマジキ事ヲモシ、思《おもひ》ヨルマジキ事ヲモ思ヨルトハ是体《これてい》ノ事ヲ云《いふ》也。其《その》故ハ、兵衛佐殿ノ、当時ノ寸法ニテ平家ニタテアヒ奉ムトテ、如レ此《かくのごとく》ノ事ヲ引出給《たまふ》事ヨ。如法富士ノ山ト長《たけ》クラベ、ネコノ額ニ付タル物ヲネズミノネラフニ似タリ。南無阿弥陀仏〳〵」ト高声ニ申テ、御返事ニ不レ及。

サテ、三浦介義明ガ許ヘ御文持向《もてむかひ》タリケレバ、折節《をりふし》風気ニテ臥タリケルガ、兵衛佐殿ノ使アリト聞テ、忩《いそ》ギヲキ上テ、烏帽子ヲシ入テ直垂打カケテ、盛長ニ出向テ、廻文披見シテ申ケルハ、「故左馬頭殿ノ御末ハ皆断《たえ》ハテ給ヌルカト思ツルニ、義明ガ世ニ其《その》御末出来《いでき》給ワム事、只一身ノ悦ナリ。子孫皆可レ参」トテ召集《めしあつめ》ケリ。嫡子椙本太郎義宗ハ長寛元年ノ秋軍《あきのいくさ》[1]ニ、安房国長狭城責《せむ》トテ大事ノ手負テ、三浦ニ帰テ百日ニ満《みた》ザルニ、卅九ニテ死ニケリ。二男三浦別当義澄、大多和三郎義尚、佐原十郎義連、孫共ニハ輪[2]田小大郎義盛、同二郎義茂、同三郎宗実、多々良三郎、同四郎、佐野平太、郎等ニハ橘五、野藤太、三浦藤平、是等ヲ前ニ呼テ申ケルハ、「昔ハ卅三年ヲ以テ一昔トシケリ。今ハ廿一年ヲ以テ一昔トス。廿一年過ヌレバ、淵ハ瀬トナリ、瀬ハ淵ニナル。平家既ニ廿余年ノ間天下ヲ治ム。今ハ世ノ末ニ成テ、悪行日ヲ経テ倍増ス。滅亡ノ期来歟《きたるか》ト見《みえ》タリ。其後ハ又源氏之繁昌疑《うたがひ》ナシ。各《おのおの》早ク一味同心ニテ、佐殿ノ御許ニ参ズベシ。若《もし》冥加オワセズシテ打死ヲモシ給ハヾ、各《おのおの》又頭《かうべ》ヲ一所ニ可レ並《ならぶべし》。山賊、海賊ヲモシタラバコソ瑕瑾ナラメ。佐殿若シ果報ヲハシテ、世ヲ執[3]ハヾ、己等ガ中ニ一人モ生残タラム者、世ニ逢テ繁昌スベシ」ト申ケレバ、各《おのおの》皆、「左右ニ不レ及」トゾ申ケル。

1 「二」、虫損。
2 「輪田」、「和田」の当字。
3 「執ハヽ」、長門本「とり給はゝ」。「執」行末、脱字か。

十三　石橋山合戦事

猿《さる》程ニ、北条、佐々木ガ一類ヲ初《はじめ》トシテ、伊豆、相模両国《りやうこくの》住人同意与力スル輩、三百余騎ニハ過ザリケリ。八月廿三日ノ夕ニ土肥ノ郷ヲ出テ、早川尻ト云《いふ》所ニ陣ヲ取ル。早川党ガ申ケルハ、「是ハ戦場ニハ悪《あしう》候ベシ。温本《ゆもと》ノ方ヨリ敵[1]ヲ超テ後ヲ打囲ミ、中ニ取籠ラレ候ナバ、一人モ遁ルベカラズ」ト申ケレバ、土肥ノ方へ引退《ひきしりぞき》テ、コメカミ石橋ト云所ニ陣ヲ取テ、上ノ山ノ腰ニハカイ楯ヲカキ、下ノ大道ヲバ切塞ギテ立籠ル。

平家ノ方人当国《たうごくの》住人大庭三郎景親、武蔵、相模両国ノ勢ヲ招テ、同廿三日ノ寅卯ノ時ニ襲来テ、相従《あひしたがふ》輩ニハ、大庭三郎景親、舎弟俣野五郎景尚、長尾新五、新六、八木下之五郎、香川五郎以下ノ鎌倉党、[2]一人モ不レ漏《もれざり》ケリ。此外海老名源八権守秀貞、子息荻野五郎、同彦太郎、海老名小太郎、川村三郎、原惣四郎、曾我大郎祐信、渋谷庄司重国、山内瀧口三郎、同四郎、稲毛《イナ》三郎重成、久下《クゲ》[3]権守直光、子息熊谷二郎直実、阿佐摩二郎、広瀬太郎、岡部六野太忠澄等ヲ始トシテ、棟《むね》トノ者三百余騎、家子郎等惣テ三千余騎ニテ石橋城へ押寄ス。道々兵衛佐ノ方人ノ家々一々ニ焼払テ、谷ヲ一隔《ひとつへだて》、海ヲ後ニアテ、陣ヲ取ル。猿程ニ、酉尅《とりのこく》ニモ成ニケリ。稲毛三郎ガ云ケルハ、「今日ハ日既《すで》ニクレヌ。合戦ハ明日タルベキカ」ト。大庭三郎ガ申ケルハ、「明日ナラバ兵衛佐殿ノ方ヘ勢ハツキ重ナルベシ。後ヨリ又三浦ノ人々来《きたる》ト聞ユ。両方ヲ防ム事、道セバク足立《あしだち》悪シ。只今佐殿ヲ追落シテ、明日ハ一向三浦ノ人々ト勝負ヲ決スベシ」トテ、三千余騎声ヲ調《そろへ》[4]テ時ヲ作ル。兵衛佐ノ方ヨリモ時ノ声ヲ合セテ鏑矢ヲ射ケレバ、山ビコ、タヘテ、敵方ノ大勢ニモ劣ズゾ聞ヘケル。大庭三郎景親鐙フミハリ、弓杖ツキ、立上テ申ケルハ、「抑《そもそも》近代日本国ニ光ヲ放《はなち》、肩ヲ並ル人モナキ平家ノ御世ヲ傾ケ奉リ、ヲカシ奉ラムト結構スルハ誰人ゾヤ」。北条四郎時政アユマセ出シテ申云《まうしていはく》、「汝ハ不レ知ヤ、我ガ君ハ清和天皇ノ第六皇子貞純親王ノ御子六孫王経基ヨリハ七代ノ後胤、八幡太郎殿ニハ御彦、兵衛佐殿ノ御坐《おはします》也。忝ク太上天皇ノ院宣ヲ賜テ、御頸ニカケ給ヘリ。東八个国輩《とうはつかこくのともがら》、誰人カ御家人ニ非ル[5]ヤ。馬ニ乗ナガラ子細ヲ申条《まうすでう》、太《はなはだ》[6]奇怪也。速《すみやか》ニ下《おり》テ申

1 「敵ヲ」、長門本「かたき山を」。脱字あるか。
2 「党」、底本は「賞」の異体字「賞」のように書く癖がある。以下、一々注記しない。
3 「下」、左下に濁符あるか。
4 調ソロヱル（慶長十五年版倭玉篇）
5 「ル」、「ス」に重ね書き。
6 太ハナハダシ（類聚名義抄）

ベシ。サテ御共ニハ、北条四郎時政ヲ初トシテ、子息三郎宗時、同四郎義時、佐々木ガ一党、土肥、土屋ヲ初トシテ、伊豆、相模両国ノ住人悉ク参タリ」。景親又申ケルハ、「昔八幡殿ノ後三年ノ軍《いくさ》ノ御共シテ、出羽国金沢城ヲ被レ責シ時、十六歳ニテ先陣カケテ右目ヲイサセテ、答ノ矢ヲ射テ、其敵《そのかたき》ヲ取テ名ヲ後代ニ留タリシ鎌倉権五郎景正ガ末葉、大庭三郎景親ヲ大将軍トシテ、兄弟親類三千余騎也。御方ノ勢コソ無下《むげ》ニミヘ候ヘ。争《いかでか》敵対セラルベキ」。時政重テ申ケルハ、「抑《そもそも》景親ハ景正ガ末葉ト名乗リ申《まつす》歟。サテハ子細ハ知タリケリ。争《いかで》カ三代相伝ノ君ニ向奉リテ、弓ヲモ引《ひき》、矢ヲ放《はなつ》ベキ。速ニヒキテノキ候ヘ」。景親又申云《まうしていはく》、「サレバ主ニアラズトハ申サズ。但シ昔ハ主、今ハ敵、弓矢ヲ取《とる》モ不レ取《とらぬ》モ、恩コソ主ヨ。当時ハ平家ノ御恩、山ヨリモ高ク海ヨリモ深シ。昔ヲ存《ぞんじ》テ降人ニナルベキニ非ズ」トゾ申ケル。

兵衛佐宣ヒケルハ、「武蔵、相模ニ聞ユル者共、皆アムナリ。中ニモ大庭ノ三郎ト俣野五郎トハ高名ノ兵ト聞置タリ。誰人ニテカ組《くま》スベキ」。岡崎四郎進出テ申ケルハ、「敵一人ニ組ヌ者ノ候カ。親ノ身ニテ申ベキニハ候ワネドモ、義実ガ子息ノ白物《しれもの》冠者義忠メコソ候ラメ」ト申ケレバ、「サラバ」トテ、佐奈多与一義忠ヲ召テ、「今日ノ軍《いくさ》ノ一番仕《つかまつれ》」ト宣ケレバ、与一、「承リヌ」トテ立ニケリ。与一ガ郎等、佐奈多文三家安ヲ招寄《まねきよせ》テ、「佐奈多ヘ行テ、母ニモ女房ニモ申セ。『義忠今日ノ軍ノ先陣ヲ懸《かく》ベキヨシ、兵衛佐殿被㆑仰《おほせらるる》間、先陣仕《つかまつる》ベシ。生《いき》テ二度不㆑可㆑帰。若《もし》兵衛佐世ヲ打取給ワヽ[1]、二人ノ子共佐殿ニ参テ、岡崎ト佐奈多トヲ継セテ、子共ノ後見シテ、義忠ガ後世ヲ訪テタベ』ト可㆑云《いふべし》」ト申ケレバ、「殿ヲ二歳ノ年ヨリ今年廿五ニ成給《なりたまふ》マデモリ奉テ、只今死ムト宣《のたまふ》ヲ見ステ、帰ルベキニアラズ。是程ノ事ヲバ三郎丸シテ宣ベキカ」トテ、三郎丸ヲ召テ、家安此由《このよし》ヲ云含《いひふくめ》テゾ遣《つかはし》ケル。

与一、十七騎ノ勢ニテ歩マセ出シテ申ケルハ、「三浦大介義明ガ舎弟、三浦悪四郎義実ガ嫡男、佐奈多ノ与一義忠、生年廿五。源氏ノ世ヲ執《とり》給ベキ軍《いくさ》ノ先陣也。我ト思ワム輩ハ出《いで》テ組《くめ》」トテ懸出タリ。平家ノ軍兵是《これ》ヲ聞テ、「佐奈多

1　踊り字、底本のまま。「ハゞ」とあるべき。

ハ吉敵《よきかたき》ヤ。イザウレ俣野、組テ取ム」トテ、進ム者ハ、長尾新五、新六、八木下ノ五郎、荻野五郎、曾我ノ太郎、渋屋庄司、原四郎、瀧口三郎、稲毛三郎、久下ノ権守、加佐摩三郎、広瀬大郎、岡部六野太、熊谷次郎ヲ始トシテ、宗《むね》トノ者共七十三騎、我劣《おとら》ジトヲメイテカク。弓手ハ海、妻手《めて》ハ山、暗サハクラシ、雨ハヰニイテ降ル、道ハセバシ、心ハ先[1]ニトハヤレドモ、不レ及レ力《ちからおよばぬ》道ナレバ、馬次第ニゾ懸《かけ》タリケル。

佐奈多ガ郎等文三家安、歩《あゆま》セ出テ申ケルハ、「東八个国ノ殿原、誰人カ君ノ御家人ナラヌヤ。明日ハ恥カシカラムズルニ、矢一《ひとつ》モ射ヌサキニ、甲《かぶと》ヲヌギテ御方《みかた》ヘ参レヤ」ト申ケレバ、渋屋庄司重国、「カク申《まうす》ハ誰人ノ詞ゾヤ。家安ガ申ニヤ。アタラ詞《ことば》カナ。主ニハイワセデ、人々シク又郎等ノ」ト云ケレバ、家安重テ申ケルハ、「人ノ郎等ハ人ナラヌカ。二人ノ主ニアワズ、他人ノ門ヘ足フミ入レズ。ワ殿原コソ現《うつつ》ノ人ヨ。秩父ノ末葉トテ口ハ聞給《きき》[2]ヘドモ、一方ノ大将軍ヲモセデ、大庭三郎ガ尻舞《しりまひ》シテ迷行《まどひありく》[3]メリ。吉《よき》人ノキタナキ振舞スルヲゾ人トハイワヌ。矢一筋奉ラム」トテ、鶴ノ本白[4]ノ黒塗ノ十三束ヲ吉《よく》[5]ヒキテ射タリケレバ、甲《かぶと》ノ手崎ニ立ニケリ。其時敵モ御方モ一同ニ、ハトゾ咲《わらひ》ケル。

サルホドニ、廿三日ノタソカレ時ニモ成ニケレバ、大庭三郎、舎弟俣野五郎ニ申ケルハ、「俣野殿、構テ佐奈多ニ組給ヘ。景親モ落合ワムズルゾ」。俣野、「余リニ暗テ、敵モ御方モミヘワカバコソ、組候ハメ」ト云ケレバ、大庭、「佐奈多ハ葦毛ナル馬ニ乗リタリツルガ、肩白ノ鎧ニスソ金物打テ、白キホロヲ懸タルゾ。其《それ》ヲシルシニテ、カマヘテ組《くめ》」トゾ申シケル。「承ヌ」トテ、俣野進出テ申ケルハ、「抑《そもそも》佐奈多ノ与一ガ爰ニ有ツルガミヘヌハ、ハヤ落ニケルヤラム」ト云《いへ》ドモ、佐奈多ヲトモセズ。敵ヲ目近《まぢか》ク歩《あゆま》セヨセ、在所ヲ慥《たしか》ニ聞《きき》ヲホセテ、マカタワラニ答タリ。「佐奈多与一義忠コヽニアリ。カク申《まうす》ハ誰人ゾ」ト云《いふ》声ニ付テ、「俣野五郎景久ナリ」ト云《いひ》ハツレバ、ヤガテ押並《おしならべ》テ指《さし》ウツブキテ見レバ、馬モ葦毛ナル上ニ、スソ金物キラメキテ見ヘケレバ、ヤガテ

1 「ト」、重ね書きあり。
2 「聞」、「利」の当字。
3 行アリク（類聚名義抄）
4 「ノ」、虫損。
5 「吉」、当字。十分に、の意。

寄合テ引組テ馬ヨリドウド落ニケリ。上ニナリ下ニナリ、山ノソワヲ下リニ大道マデ三段計《ばかり》ゾコロビタル。今一返シモ返シタラバ海ヘ入テマシ。俣野ハ大力ト聞ヘタリケレドモ、イカヾシタリケム、下ニナル。ウツブシニ下《くだ》リ頭《がしら》ニ臥タリケレバ、枕モヒキシ、アトハ高シ、ヲキフ〱[1]トシケレドモ、佐奈多上《うへ》ニ乗居タリケレバ、叶ワジトヤ思ケム、「大庭三郎ガ舎弟、俣野五郎景久、佐奈多与一ニ組タリ。ツヾケヤ〱」ト云ケレドモ、家安ヲ初トシテ、郎等共皆押隔ラレテ、連《つづ》[2]ク者モナカリケレバ、俣野ガイトコ長尾新五落合テ、「上ヤ敵、下ヤ敵」ト問ケレバ、与一ハ敵ノ声ト聞《きき》ナシテ、「上ゾ景尚《かげひさ》[3]。長尾殿カ、アヤマチスナ」。俣野ハ下ニテ、「下ゾ景久。長尾殿カ、アヤマチスナ」ト云《いふ》。「上ゾ」、「下ゾ」ト云《いふ》ホドニ、頭ハ一所ニアリ、暗サハクラシ、声ハヒキシ、何《いづれ》トモ聞《きき》ワカズ。「上ゾ景尚。下、佐奈多」。「上ハ佐奈多。下ハ景尚」ト互ニ云。俣野、「不覚ノ者哉。鎧ノ金物ヲサグレカシ」ト云ケレバ、二人ノ者共ガ冑《よろひ》ノ引合《ひきあはせ》ヲサグリケルヲ、佐奈多サグラレテ、右ノ足ヲモテ長尾ガ胸ヲムズトフム。新五フマレテ下リサマニ、弓長計《ゆんだけばかり》ゾ、ド、ハシリテ倒《たふれ》ニケリ。其間《その》ニ佐奈多、刀ヲ抜テ俣野ガ頸ヲカクニキレズ。指《させ》ドモ〳〵トヲラズ。刀ヲモチアゲテ雲スキニ見レバ、サヤマキノ栗形《くりかた》カケテ、サヤナガラヌケタリ。サヤ尻ヲクワヘテ抜《ぬかむ》トス所[4]ニ、新五ガ弟新六落重テ、与一ガ胡録《やなぐひ》ノアワヒニヒタト乗居テ、甲ノテヘンノ穴ニ手ヲ指入テ、ムズト引アヲノケテ、佐奈多ガ頸ヲカキケレバ、水モサワラズ切レニケリ。ヤガテ俣野ヲ引ヲコシテ、「手ヤ負《おひ》タル」ト問ケレバ、「頸コソスコシシヒテ[5]覚《おぼゆ》レ」ト云《いふ》ヲサグレバ、手ノヌレケレバ、「敵ガ刀ヲ取[6]ニ見ヨ」トテ、右手ヲ見レバ、鞘尻一寸計《ばかり》クダケタル刀ヲゾ持タリケル。誠ニツヨクサシタリトミヘタリケリ。其《その》手ヲイタミテ、俣野ハ軍《いくさ》モセザリケリ。

「俣野五郎景尚、佐奈多与一打タリ」ト詈《ののし》リケレバ、源氏ノ方ニハ歎ケリ。平家ノ方ニハ悦ケリ。父ノ岡崎、兵衛佐ニ、「余一冠者コソ既ニ討レ候ニケレ」ト申ケレバ、兵衛佐ハ、「アタラ兵ヲ討セタルコソ口惜ケレ。若《もし》頼朝世ニアラ

1 「ヲキフ」、「オキム」のウ音便。
2 連ツ、ク（慶長十五年版倭玉篇）
3 「尚」、底本のまま。「久」と混用している。
4 「ス」、脱字あるか。長門本「するところを」
5 「シヒテ」、感覚がなくなる意。Xiite シイテ（廃ひて）（日葡辞書）
6 「ニ」、「テ」とあるべきか。長門本「取てみれは」

バ、義忠ガ孝養ヲバ頼朝スベシ」トテ、アワレゲニ思ワレタリ。岡崎ハ、「十人ノ子ニコソ後《おく》レ候ハメ、君ノ世ニ渡ラセ給ワム事コソ願《ねがは》シク候ヘ」ト申ナガラ、サスガ恩愛ノ道ナレバ、鎧ノ袖ヲゾヌラシケル。

文三家安ハ、与一ガ被レ打タル所ヨリ、尾ヲ一《ひとつ》隔《へだて》テ戦ケルヲ、稲毛三郎、「主ハ既ニ打レヌ。今ハ、ワ君ニゲヨカシ」ト云ケレバ、家安申ケルハ、「幼少ヨリ、カケ、組ム事ハ習タレドモ、逃《にぐ》ル事ハ未《いまだ》シラズ。佐奈多殿打レ給ヌト聞ツルヨリ、心コソ弥《いよいよ》武ク覚《おぼゆ》レ」トテ、分取八人シテ、打死《うちじに》ニ死《しに》ニケリ。

軍《いくさ》ハ終夜《よもすがら》ニ有ケリ。暁方ニナリテ、兵衛佐ノ勢、土肥ヲ差テ引退ク。佐《すけ》モ後陣ニヒカヘテ、「穴《あな》心ウヤ。同ク引《ひく》トモ、思《おもふ》矢一《ひとつ》射テ落《おち》ヨヤ。返《かへせ》ヤ〱」ト宣ケレドモ、一騎モ不レ返《かへさず》、皆落ヌ。堀口ト云《いふ》所ニテ、加藤次景廉、佐々木四郎高綱、大多和三郎義尚、三騎落残テ、十七度マデ返合《かへしあはせ》、散々ニ戦フ。敵ハ数千有ケレドモ、道モセバク足立悪ク、一度ニモ押寄セズ、纔《わづか》ニ二三騎ヅヽ、コソ懸タリケレ。此者共、敵多ク打取テ、矢種ツキニケレバ、同ク一度ニ引退《ひきしりぞく》。

サルホドニ、夜モホノ〴〵トアケニケレバ、廿四日ノ辰時ニ上ノ山へ引レケルヲ、荻野五郎末重、同子息彦太郎秀光以下兄弟五人、兵衛佐ノ跡目ニ付テ追懸リテ、「此《この》先ニ落給《おちたまふ》ハ大将軍トコソ見申セ。イカニ源氏ノ名折ニ、鎧ノ後ヲバ敵ニミセ給《たまふ》ゾ。キタナシヤ、返合給《かへしあはせ》へ」トテ、ヲメイテカク。佐《すけ》、叶ワジトヤ思ワレケム、只一人返合テ、矢一《ひとつ》射ラレタリ。荻野五郎ガ弓手ノ草摺ニ、継《つぎ》サマニゾ立タリケル。二《にの》矢ハ鞍ノ前輪ニタツ。次《つぎの》矢ハ荻野ガ子息彦太郎ガ馬ノ左ノムナガヒヅクシニ立ニケリ。馬ハネテ乗タマラズ、足ヲ越テヲリタチヌ。伊豆国住人大見平次返合テ、佐ノ前ニフサゲタリ。又武者一騎馳来《はせきたり》テ、大見ガ前ニ引《ひか》ヘテ、「昔物語ニモ、大将軍ノ御戦ハナキ事ニテ候。只コ、ヲ引セ給へ」ト申ケレバ、「防矢射《いる》者ナケレバコソ」ト宣ケレバ、「相模国住人飯田三郎宗能候[1]」申テ、矢三筋射タリケリ。其間ニ兵衛佐ハ椙山へ入給《いりたまひ》ニケリ。残《のこり》ノ人々モ道嶮クテ、輙《たやす》ク山へ可レ入《いるべき》様《やう》モナカリケレバ、太刀計《ばかり》ニテゾ山へハ入ニケル。伊豆国住人沢六郎宗家モコ、ニテ誅《うた》レニケリ。

1　「候申テ」、「候」丁末。長門本「候と申て」、従うべきか。

同国住人[1]九藤介茂光ハ太リ大ナル男ニテ、山ヘモ登ラズ歩《あゆみ》モヤラズ、延《のぶ》べシトモオボヘザリケレバ、子息狩野五郎親光ヲ招寄テ、「人手ニカクナ。我《わが》頸打《うて》」ト云ケレバ、親光、父ノ首ヲ切ム事ノ悲サ、父ヲ肩ニ引懸テ山ヘ登リケルニ、峨々タル山ナレバ、輙《たやす》ク可レ登トモオボヘザリケレバ、トビニモ延《のび》ヤラズ、敵ハ責近《せめちかづき》テ、既ニ生取《いけど》ラルベカリケレバ、茂光腹カヒ切テ死《しに》ニケリ。茂光ガ娘ニ、伊豆国々司為綱ガ具シテ儲タリケル田代冠者信綱是《これを》見テ、祖父工藤介ガ頸ヲ切テ、子息狩野五郎ニトラセテ、山ヘ入ニケリ。北条嫡子三郎宗時モ伊東入道祐親法師ニ打レニケリ。

サテ兵衛佐ハ山ノ峯ニ上リテ、臥木ノ在ケルニ尻打懸テ被レ居タリケルニ、人々跡ヲ尋テ少々来リタリケレバ、「大庭、曾我ナムドハ山ノ案内者ナレバ、定テ山フマセムズラム。人多《おほく》テハ中々悪《あし》カリナム。各《おのおの》是ヨリ散々《ちりぢり》ニナルベシ。我若《もし》世ニアラバ、必ズ尋来ルベシ。我モ又可レ尋」ト宣ケレバ、「我等既ニ日本国ヲ敵ニウケテ、イヅクノ方ヘマカリ候トモ可レ遁《のがるべし》トモ覚候ハズ。同《おなじく》ハ、只一所ニテコソハ塵灰ニモ成候ワメ」トテ申ケレバ、「頼朝思様《おもふやう》アリテコソカク云《いふ》ニ、猶シヒテ落ヌコソアヤシケレ。各存旨《ぞんずるむね》ノ有カ」ト重テ宣ケレバ、「此上ハ」トテ、思々ニ落行ケリ。北条四郎時政、同子息義時父子二人ハ、ソレヨリ山伝《づたひ》ニ甲斐国ヘゾ趣ケル。加藤二景廉ト田代冠者信綱トハ、伊豆三島ノ宝殿ノ内ニ籠リタリケルガ、夜ホノ〴〵トアケ、レバ、宝殿ヲ出テ、思々ニゾ落行ケル。景廉ハ、兄賀[2]藤太光員ニ行合テ、甲斐国ヘゾ落ニケル。残ル輩ハ、伊豆、駿河、武蔵、相模ノ山林ヘゾ逃籠リケル。兵衛佐ニ付テ山ニ有ケル人トテハ、土肥二郎、同子息弥太郎、甥ノ新開ノ荒二郎、土屋三郎、岡崎四郎、已上五人、下臈ニハ土肥二郎ガ小舎人男七郎丸、兵衛佐具シ奉テ、上下只七騎ゾ有ケル。土肥ガ申ケルハ、「天喜年中ニ、故伊与入道殿、貞任ヲ責給シ時、纔《わづか》ニ七騎ニ落成《おちなり》テ、一旦ハ山ニ籠《こもり》給シカドモ、遂ニソノ御本意ヲ遂給《とげたまひ》ニケリ。今日ノ御有様、少《すこし》モ彼ニ違《たが》ワズ。尤《もつとも》吉例トスベシ」トゾ申ケル。

1 「九藤」、「工藤」の当字。
2 「賀」、「加」の当字。

十四　小壺坂合戦之事

三浦ノ人々ハ、相模河ノハタ、浜宮ノ前ニ陣ヲ取テ、各《おのおの》申ケルハ、「石橋ノ軍《いくさ》ハ此夕マデハナカリケリ。今ハ日モクレヌ。暁天[1]後《のち》ヨリ寄スベシ」トテ、ユラヘテ有ケルホドニ、兵衛佐ノ方ニ大沼四郎ト云者アリ。敵ノ中ヲマギレ出タリケルガ、三浦ノ人々ノ陣ノ前ノ河鰭《かはばた》ニ来テ呼ケルヲ、「誰ソ」ト問ケレバ、「大沼ノ四郎也。石橋ノ軍《いくさ》既ニ初《はじま》リ、散々ノ事共アリ。其《その》次第参テ申ムトスレバ、馬ニハハナレヌ、夜ハフケタリ、河ノ淵瀬モミヘワカズ。馬ヲタベ、参テ申サム」ト云ケレバ、忩ギ馬ヲゾ渡シケル。大沼ガ参テ申ケルハ、「酉時ニ軍初《はじまり》テ、只今マデ火出《いづ》ル程ノ合戦ス。『佐奈多与一既ニ打[2]レヌ。兵衛佐モ打レ給タル』トコソ申アヒテ候[3]ツレ。誠ニ遁給《のがれたまふ》ベキ様《やう》モナカリツル上ニ、手ヲ下《くだし》テ戦給ツレバ、一定打レ給ツラム」トゾ申ケル。人々是ヲ聞テ、「兵衛佐殿モ誅《うた》レ給ニケリ。大将軍ノタシカニマシマスト聞《きか》バコソ、百騎ガ一騎ニ成《なら》ムマデモ戦ハメ。前ニハ大庭三郎、伊東入道、雲霞ノ勢ニテ待懸《まちかけ》タリ。後ニハ畠山二郎、武蔵ノ党ノ者共引具《ひきぐし》テ、五百余騎ニテ金江河ノ鰭《はた》ニ陣ヲ取テアムナリ。中ニ取籠[4]ナバ、一人モ遁ルマジ。設《たとひ》[5]一方ヲ打破テ通リタリトモ、朝敵ト成ヌル上ハ、ツイニ安穏ナルベカラズ。シカジ人手ニ懸ラムヨリハ、各《おのおの》自害ヲスベシ」ト云ケレバ、義澄ガ申ケルハ、「シバシ。殿原ノ自害、余《あまり》ニトヨ。カヤウノ時ハ、僻事、虚事《そらごと》モ多シ。兵衛佐殿モ一定誅レテモヤヲワスラム、又遁テモヤヲワスラム、其骸《そのかばね》ヲ見申サズ。土肥、岡崎ハ伊豆国ノ人也。先《まづ》此人々誅[6]テ後コソ、大将軍ハ誅レ給ワムズレ。海辺近ケレバ、舟ニ乗給テ、安房、上総ノ方ヘモヤ志給ヌラム。又石橋ハ深山遙《はるか》ニツヾキタレバ、ソレニモ籠《こもり》テヤオワスラム。イカサマニモ兵衛佐殿ノ御首ヲモ見ザラムホドハ、自害ヲセム事アシカリナム。サリトモ兵衛佐殿荒量ニ誅レ給ワジ者ヲ。設死給《たとひしにたまふ》トモ、敵ニ物ヲバ思ワセ給ワムズラム。イカサマニモ、大庭ニモ畠山ニモ、一方ニ向テコソ打死射死ヲモセメ。畠山ガ勢五百余騎ト、此勢三百余騎ト押向《おしむかひ》タラムニ、ナドカハシバシハ支ヘザルベキ。コヽヲバ懸破《かけわり》、三浦ニ引籠《ひきこもり》タラムニ、日本

1 「暁天後」、「天あけてのち」と訓むか。類聚名義抄に「暁アケヌ」。長門本「暁天あけてのち」
2 「打」、右に「誅」と傍書あり。
3 「ツレ」、「ワン」の上に重ね書。
4 「取籠」、「被取籠」とあるべきか。長門本「取こめられて」
5 設タトヒ（類聚名義抄）
6 「誅」、「被誅」とあるべきか。長門本「うたれて」

国ノ勢一度ニ寄《よせ》タリトモ、火出《いづる》ホドノ戦シテ、矢種ツキバ、其時コソ義澄ハ自害ヲモセムズレ」トテ、ヤガテ甲《かぶと》ノ緒シメテ、夜半計《ばかり》ニ小礒ガ原ヲ打過テ、彼[1]打際下リニ金江河尻ヘ向テゾ歩《あゆま》セケル。

輪田小太郎義盛ガ舎弟二郎義茂ハ、高名ノアラ兵《つはもの》ノ大力ニテ、大矢ノ勢兵ナルガ、申ケルハ、「此道ハイツノ習ノ道ゾヤ。上ノ大道ヲバナド打給ワヌゾ。只大道ヲ打過《うちすぎ》サマニ、畠山ガ陣ヲ懸破《かけやぶり》テ、強馬《つよむま》共少々奪取テ行《ゆか》バヤ」ト云ケレバ、兄ノ義盛、「何条ソヾロ事宣フ殿原カナ」ト云ケレバ、義澄云ケルハ、「畠山、此《この》程馬飼立《かひたて》テ、休ミ居タリ。強馬取ムトテ還テ弱《よはき》馬バシトラレ[2]。馬ノ足ヲトハ波[3]ニマギレテキコユマジ。クツバミヲナラベテトヲレ、若党」ト云ケレバ、或ハウツブキテ水ツキヲニギリ、或ハクツワヲユイカラゲナムドシテゾ通リケル。案ノ如ク、畠山二郎聞付《ききつけ》テ、乳人ノ半沢ノ六郎成清ヲ呼テ云ケルハ、「只今三浦《みうらの》人々ノ通ルト覚《おぼゆ》ルゾ。重忠此《この》人々ニ意趣ナシトイヘドモ、彼等ハ一向佐殿《すけどの》ノ方人《かたうど》也。重忠ハ父庄司、平家ニ奉公シテ、当時在京シタリ。是ヲ一

矢射ズシテ通シタラバ、大庭、伊東ナムドニ讒言セラレテ、一定平家ノ勘当蒙《かうぶり》
ヌト覚《おぼゆる》也。イザ追懸リテ一矢射《いむ》」ト云ケレバ、成清、「尤《もつとも》可レ然」トテ、
馬ノ腹帯ツヨクシメ[4]テ追懸ル。

三浦ノ人々ハカクトモシラデ、相模川ヲ打渡《うちわたり》、腰越、稲村、湯居浜ナムド
打過テ、小坪坂ヲ打上レバ、夜モ漸《やうやく》アケニケリ。小太郎義盛ガ云ケルハ、「是
マデハ無《べちのことなく》二別事一来タリ。今ハ何事カハ有ベキ。設《たと》ヒ敵人追来《おひきたる》トモ、足立悪所《わろき》
ナレバ、ナドカ一支ヘセザルベキ。馬ヲモ休メ、破子《わりご》ナムドヲモ行ヒ給ヘカ[5]シ、
殿原」トテ、各《おのおの》馬ヨリ下居《おりゐ》テ、後《うしろ》ノ方ヲ見返リタレバ、稲村ガ崎ニ武者卅
騎計《ばかり》打出タリ。小太郎是ヲミテ、「コヽニ来タル武者ハ敵カ、又此《この》具足ノサ
ガリタルカ」ト云ケレバ、三浦藤平真光、「此具足ニハ、サルベキ人モ候ワズ。
二郎殿計《ばかり》コソ、鎌倉ヲ上リニ打セ給ツレ。アレヨリ来申《まうす》ベキ者ヲボヘズ」ト
申ケレバ、小太郎、「サテハ敵ニコソアムナレ」トテ、叔父ノ別当忠澄ニ向テ
云ケルハ、「畠山既ニ追懸リ来ル。殿ハハヤ東地[6]ニカヽリテ、アブズリ究竟ノ

1 「彼」、右に「波歟」と傍書。従うべきか。
2 「トラレ」、下に脱字あるか。長門本「とられよかし」
3 「二」、底本丁末から次丁にかけて「二二」とあり、衍字とみて訂した。
4 「メ」、傍書補入。
5 「カ」、重ね書きあり。
6 「地」、「路」の当字。

小城ナレバ、カヒダテカ、セテ待給へ。義盛ハ是ニテ一支《ひとささへ》シテ、若《も》シ叶《かなは》ズハ、アブズリニ引懸《ひきかけ》テ、諸共《もろとも》ニ戦《たたかふ》ベシ」。義澄ハ、「尤《もつとも》サルベシ」トテ、アブズリヘ行ケルニ、畠山二郎四百余騎ニテ、赤幡《あかはた》天ヲカ、ヤカシテ、湯居浜、イナセ河ノハタニ陣ヲトル。

畠山、郎等一人召テ、「輪田小太郎ノ許ヘ行テ、『重忠コソ来テ候へ。各《おのおの》ニ意趣ヲ思奉ルベキニアラネドモ、父庄司、叔父小山田別当、平家ノ召ニヨテ、折節《をりふし》六波羅ニ祇候ス。重忠ガ陣ノ前ヲ無音ニ通シ奉リナバ、平家ノ勘当蒙《かうぶら》ム事疑《うたがひ》ナシ。仍《よつて》是マデ参タリ[1]。是ヘヤ出サセ給ベキ。ソレヘヤ参ベキ[2]』ト申《まうせ》」トテ遣シケリ。使行《ゆき》テ、此由ヲ云ケレバ、郎等真光[3]ヲ呼テ、彼《かの》使ニ相具《あひぐし》テ返答シケルハ、「御使《おつかひの》申状、委《くはしく》承候。仰《おほせ》尤《もつとも》其謂《そのいはれ》アリ。但《ただし》庄司殿ト申《まうす》ハ、大介ノ孫聟ゾカシ。サレバ曾祖父ニ向テ、争《いかで》カ弓矢ヲ取テ向ハルベキ。尤《もつとも》思惟有ベシ」トイワセタリケレバ、重忠重テイワセケルハ、「元ヨリ申ツル様《やう》ニ、介殿ノ御事ト云ヒ、各《おのおの》ノ事ト申《まうし》、全ク意趣ヲ思奉ラズ。只父ト叔父トノ首ヲ継《つがむ》ガ為ニ是マデ来計《きたるばかり》也。サラバ、各《おのおの》三浦ヘ帰給ヘ。重忠モ帰ラム」トテ、和与シテ帰ル処ニ、カヤウニ問答和平スルヲモ未ダ聞定メザル前ニ、義盛《よしもりが》下人一人、舎弟義茂ガ許ヘ馳来《はせきたり》テ、「湯居浜ニ、既ニ軍始《いくさはじまり》候」ト云ケレバ、義茂是ヲ聞テ、「穴《あな》心ウヤ。大郎殿ハイカニ」ト云テ、甲《かぶと》ノ緒ヲシメテ、犬懸坂ヲハセ越テ、ナガヘガ下ニテ浜ヲ見下シタレバ、ナニトハ不レ知、ヒタ甲四百騎計《ばかり》打立タリ。義茂只八騎ニテヲメイテカク。畠山是ヲ見テ、「アレハイカニ。和平ノ由ハ虚事《そらごと》ニテ有ケリ。搦手ヲ待《また》ムトテ云ケル者ヲ。ヤスカラヌ事カナ」トテ、ヤガテカケムトス。

サルホドニ、兄ノ義盛小坪坂ニテ是ヲミテ、「コヽニ下リサマニ、七八騎計《ばかり》ニテ馳《はす》ルハ二郎ヨナ。和平ノ子細モキヽ、ヒラカズ、左右ナクカクルト覚《おぼゆ》ルナリ。勢モ少シ、アシクシテ打《うた》レナムズ。遠ケレバ呼《よぶ》トモ聞ユマジ。イザヽラバ、只カケム」トテ懸出ケリ。小太郎義盛、郎等真光ニ云ケルハ、「楯突軍《たてつきのいくさ》ハ度々シタレドモ、馳組軍《はせくみのいくさ》ハコレコソ初ナレ。何様《いかやう》ニアフベキゾ」ト云ケレバ、真

1 「タ」、傍書補入。
2 「ヘ」、傍書補入。
3 「郎等」、この上脱字あるか。長門本「よしもり、さね光を」

光申ケルハ、「今年五十八ニ罷成《まかりなり》候。軍《いくさ》ニ相《あふ》事十九度、誠ニ軍ノ先達真光ニ有ベシ」トテ、「軍ニアフハ敵モ弓手、我モ弓手ニ逢ムトスルナリ。打解《うちとけ》弓ヲ不レ可レ引。アキマヲ心ニカケテ、振合《ふりあはせ》々々シテ内甲ヲヲシミ、アダヤヲイジト、矢ヲハゲナガラ、矢ヲタバイ給ベシ。矢一《ひとつ》放テハ、次《つぎの》矢ヲ忩《いそ》ギ打クワセテ、敵ノ内甲ヲ御意ニカケ給ヘ。昔様ニハ馬ヲ射《いる》事ハセザリケレドモ、中比《なかごろ》ヨリハ、先《まづ》シヤ馬ノ太腹ヲ射ツレバ、ハネヲトサレテカチ[1]立《だち》ニナリ候。近代ハヤウモナク押並《おしならべ》テ、組テ中ニ落ヌレバ、大刀、腰刀ニテ勝負ハ候也」トゾ申ケル。

サルホドニ、アブズリニ引上テ、カイダテカヒテ待ツル三浦別当義澄、已ニ合戦初ルト見テ、小坪坂ヲヲクレ馳《ばせ》ニシテ押寄ス。道セバクテ僅ニ二三騎ヅヽ、[2]ヲスガイニ馳来ケレバ、遙ニツヾキテゾ見ヘケル。畠山ノ勢此《これ》ヲミテ、「三浦ノ勢計《ばかり》ニテハアラズ。上総、下総ノ人共モ一味ニナリニケリ。大勢ニ取籠ラレテハ叶マジ」トテ、ヲロ〳〵戦テ引退《ひきしりぞ》ク。三浦ノ人々弥《いよいよ》カツニ乗テ、追サマニ散々ニイケレバ、浜ノ御霊ノ御前ニテ、輪田二郎義茂ト相模国住人連《つづき》太郎ト組テ落ヌ。連《つづき》ハ大ノ男ノ、人ニ勝《すぐれ》テ長《たけ》高ク骨太也。輪田ハ勢ハ少シ小《ちひさ》カリケレドモ、聞ユル小相撲ニテ、敵ヲ大亘《おほわたし》3ニカケテ、エイ声ヲ出《いだし》テ、浪打際ニ枕ヲセサセテ打臥《うちふせ》テ、胸板4ノ上ヲフマヘテ、腰刀ヲヌキテ首ヲカク。是ヲミテ連ガ郎等落合《おちあひ》タリケレドモ、輪田大刀ヲヌキテ内甲ヘ打入タリケレバ、只一打ニ首ヲ打落ス。二《ふたつ》ノ頸ヲ前ニ並テ、石ニ尻打懸テ、波ニ足ウチス丶ガセテ、息ツキヰタル処ニ、連ガ子息連《つづき》二郎馳来テ、輪田二郎ヲ射ル。輪田二郎射向《いむけ》ノ袖ヲ振合《ふりあはせ》テ、シコロヲ傾テ云ケルハ、「父ノ敵ヲバ手取ニコソトレ。ワ君ガ弓勢ニテ、而《しか》モ遠矢ニ射《いむ》ニハ、義茂ガ鎧トヲラジ物ヲ。人々ニ打レヌサキニ落合《おちあへ》カシ。ヲソロシキカ、近クヨラヌハ。義茂ハ軍《いくさ》ニシツカレタレバ、手向《てむかひ》ハスマジ。首ヲバ延《のべ》テキラセムズルゾ」トハゲマサレテ、連二郎大刀ヲヌキテ落合タリ。輪田二郎ハ甲《かぶと》ノ鉢ヲカラトウタセテ立アガリテ、イダキフセテミシトヲサヘテ、腰刀ヲ抽《ぬい》テ首ヲキル。三ノ首ヲ鞍ノ左右ノ取付《とつつけ》ニ付テ、連ガ首

1 「カ」、傍書補入。
2 「ヲスガイニ」、長門本なし。「追ひすがひ」の促音便か、または「すがひすがひ」か。次々と、または、互い違いに、の意。
3 「大亘」、「大渡」の当字。大渡懸ともいい、相撲の手の一種。
4 「板」、底本「坂」。訂した。

ヲバ片手ニ持テ帰来ル。「其日ノ高名、輪田二郎ニ極《きはまり》タリ」ト、敵モ御方モ詈《ののし》リケリ。

畠山ガ方ニハ、津戸四郎、川[1]二郎大夫、秋岡四郎等初《はじめ》トシテ、卅余人打レニケリ。手負《ておひ》ハ数ヲ不㆑知。三浦方ニハ、多々良太郎、同二郎ト郎等二人ゾ打《うたれ》ニケル。其時畠山、我方ノ軍兵被㆑打テ引退《ひきしりぞく》気色ヲ見テ云ケルハ、「弓矢取《とる》道、爰ニテ返合《かへしあはせ》ズハ、各《おのおの》長ク弓矢ヲバ小坪坂ニテ切《きり》スツベシ」トテ、片手矢ヲハゲテ歩《あゆま》セ出シテ申ケルハ、「音ニモ聞《きき》、目ニモ見給へ。武蔵国ノ秩父《ちちぶの》余流、畠山ノ庄司重能二男、庄司次郎重忠、童名氏王丸、生年十七歳、軍《いくさ》ニ合《あふ》事今日ゾ初《はじ》メ、我ト思ワム人々ハ出給へ」トテ懸出《かけいで》タリ。半沢ノ六郎馳来テ、馬ノクツバミニ取付テ申ケルハ、「命ヲ捨《すつる》モ様《やう》ニコソヨリ候へ。サセル宿世ノ敵、親ノ敵ニモ非ズ。加様《かやう》ノ公事《くじ》ニ付タル事ニ、命ヲスツル事候ワズ。若《もし》御意趣アラバ、後ノ軍ニテ可㆑有」トテ取留《とりとどめ》ケレバ、不㆑及㆑力、相模ノ本馬宿ニ引退《ひきしりぞ》ク。彼《かの》宿ニ兵衛佐ノ方人多《おほく》居住シタリケレバ、其家々ニ火ヲカケテ山下村マデ焼払フ。三浦ノ人々ハ此軍《このいくさ》ノ次第ヲ委《くはし》ク大介義明ニ語ケレバ、「各《おのおの》ガ振舞、尤《もつとも》神妙也。就レ中義茂ガ高名、左右ニ不レ及」トテ、大刀一[2]フリ取出《とりいだし》テ、孫義茂ニトラス。

十五　衣笠城合戦之事

「敵《かたき》只今ニ来《きたり》ナムズ。忩《いそ》ギ衣笠城ニ可レ籠《こもるべし》」ト云ケレバ、義盛申ケルハ、「衣笠ハ口アマタアリテ[1]、無勢ニテハ叶《かなひ》ガタカルベシ。奴田城コソ廻《まはり》ハ皆石山ニテ、一方ハ海ナレバ、吉者《よき》[2]百人計《ばかり》ダニモ候ハヾ、一二万騎寄《よせ》タリトモクルシカルマジキ所ナレ」ト申ケレバ、大介云ケルハ、「サカシキ冠者ノ云事《いひごと》哉。今ハ日本国ヲ敵ニテ打死《うちじ》ニセムト思[3]ワムズルニ、同《おなじく》ハ名所ノ城ニテコソ死タケレ。『先祖ノ聞ユル館ニテ、討死シテケリ』トコソ、平家ニモ聞カレ申《まうし》タケレ」ト云ケレバ、「尤《もつとも》可レ然」トテ、衣笠城ニ籠《こもり》ニケリ。上総介弘経ガ舎弟金田大夫頼経ハ、義明ガ聟ナリケレバ、七十余騎ニテ馳来テ、同《おなじ》城ニゾ籠《こもり》

1　「川」、脱字あるか。「川口」とあるべき。
2　「フリ」の下にすり消しの跡（「太チ」か）あり。

1　「ア」、傍書補入。
2　「吉」、傍書補入。
3　「ワム」、丁末に「ワム」とあり、次丁頭にも「ワム」とある。衍字とみて削除した。

ニケル。此勢相具《あひぐし》テ、四百余騎ニ及ケレバ、城中ニモ過分シタリ。大介云ケルハ、「若党ヨリ初テ、厩ノ冠者原ニ至マデ、ツヨ弓ノ輩ハ矢衾《やぶすま》ヲ作テ散々ニ射ルベシ。又討手ニ賢カラム者共ハ、手々ニナギナタヲ持テ、深田ニ追ハメテ打《うつ》ベシ。城《じやうの》西浦ノ手ヲバ義澄フセクベシ」トゾ下知シケル。

カク云《いふ》程ニ、廿六日辰尅ニ、武蔵国住人江戸太郎、河越太郎、党者《たうのもの》ニハ、金子、村山、俣野、与[1]、山口、児玉党ヲ初トシテ、凡《およそ》ノ勢二千余騎ニテ押寄タリ。先 連《まづつづきの》五郎、父ト兄トヲ小坪ニテ被レ打タル事ヲ安カラズ思ケル故ニ、マ先懸《さきかけ》テ出来《いできた》ル。支度ノ如ク城中ヨリ矢前《やさき》ヲソロヘテ是ヲ射ル。一方《いつぱうは》石山、二方ハ深田ナレバ、寄武者《よせむしや》打レニケリ。又打者《うちもの》冠者原《ばら》鼻ヲ並テ出向《いでむかひ》テ戦ケレバ、面ヲ向《むく》ル者ナカリケリ。カヽリケレバ、連《つづき》ガ党少シ引退ケルヲ、金子者《かねこの》共入替《いれかへ》テ、金子十郎、同与一、城口ヘ責寄《せめよせ》タリ。城中ヨリ例ノ矢前《やさき》ヲソロヘテ射ケレドモ、金子少《すこし》モ退カズ、廿一マデ立タル矢ヲバ折懸《をりかけ》々々シテ戦ケリ。其《その》時城中ヨリ是ヲ感ジテ、酒肴[2]ヲ一[3]具家忠ガ許ヘ送テ云ケルハ、「殿原ノ軍《いくさ》ノ様《やう》、誠ニ面白クミヘタリ。此酒メシテ力付《つけ》テ、手ノキハ軍《いくさ》シ給ヘ」ト云送リケレバ、金子返事ニ申ケルハ[4]、「サ承候。又能々《よくよく》飲テ、城ヲバ只今ニ追落申スベシ」トテ、ヤガテ甲《かぶと》ノ上ニ萌黄ノ糸威ノ腹巻ヲ打懸テ、少《すこし》モシヒズ責寄《せめよせ》ケレバ、大介是《これ》ヲミテ、若者共ニ下知シケルハ、「アワレ、云甲斐ナキ者共カナ。アレヲ、二三十騎馬ノ鼻ヲ並テ懸出《かけいで》テ、武蔵国ノ者ノ案内モシラヌヲ、深田ニ追ハメテ咲《わら》ヘカシ」ト詈《ののしり》ケレドモ、「幾程ナキ勢ニテ打出《うちいでむ》事モ、中〳〵悪《あ》シカリナム」トテ、不レ出《いでざり》ケレバ、大介老々トシテ、而モ所労ノ折節ナリケルガ、白[5]直垂ニ、ナヘ烏帽子ヲシ入《いれ》テ、馬ニカキノセラレテ、雑色二人ヲ馬ノ左右ニ付《つけ》テ、膝ヲヲサヘサセテ、大刀計《ばかり》ヲハキテ、敵ノ中ヘ打出《うちいでむ》トシケレバ、イトコノ左野平太馳来《はせきたり》テ、「介殿ニハ物ノ付給《つきたまひ》タルカ。打出給テハ、何ノ程カハ有ベキ」トテ引留《ひきとどめ》ケレバ、大介、「己等《おのれら》ニコソ物ノ付タルトハミレ。軍《いくさ》ト云《いふ》ハ、或時ハ懸出テ敵ヲモ追散《おひちら》シ、或時ハ敵ニモヲワレテ引退《ひきしりぞき》ナムドスルコソ目ヲモサマシテ面白ケレ。イツト云《いふ》事モナク、草鹿的《くさじしまと》ナムド射《いる》ヤウニ軍スル事、ミモナラ

1 「与」、長門本なし。「野与」か。
2 「肴」、底本「希」。長門本「肴」。誤写と見て訂した。
3 「一」、傍書補入。
4 「ハ」、虫損。
5 「直」、傍書補入。

ワズ」ト云《いふ》マヽニ、鞭ヲアゲテ左野平太ヲゾ打タリケル。

猿《さる》程ニ日モクレヌ。軍各《おのおの》シツカレテ、大介、事外《ことのほか》ニ心ヨワゲニ見ヘケレバ、子孫共ヲ呼テ云ケルハ、「今ハ城中、以外《もつてのほか》ニヨワゲニミユ。サレバトテ、各《おのおの》左右《さう》ナク自害スベカラズ。兵衛佐殿ハ荒量ニ被レ打給《うたれたまふ》マジキ人ゾ。佐殿ノ死生ヲ聞定メム程ハ、甲斐ナキ命ヲ生《いき》テ、始終ヲ見ハテ[1]奉ルベシ。イカニモ安房、上総ノ方ヘゾ落給ヌラム。今夜コヽヲ引テ、船ニ乗テ、佐殿ノ行エヲ尋奉ベシ。義明今年已ニ[2]七十九歳ニ迫レリ。其上《そのうへ》所労ノ身也。『義明、幾程ノ命ヲ惜テ、城ノ中ヲバ落ケルゾ』ト、後日ニイワレム事モ口惜ケレバ、我ヲバステヽ、落《おち》ヨ。全ク恨有ベカラズ。忩《いそ》ギ佐殿ニ落加《おちくははり》奉[3]リテ、本意ヲ遂《とぐ》ベシ」ト云ケレドモ、サレバトテ、ステ置《おく》ベキニアラネバ[4]、子孫手輿ニ大介ヲカキノセテ落《おち》ムトスレバ、大介大《おほき》ニシカリテ輿ニモ不レ乗。サレドモトカク誘《こしら》ヘ、ヲシノセテ、城ノ中ヲバ落ニケリ。宗《むね》トノ者共ハ、栗浜ノ御崎《みさき》ニ有ケル船共ニハイノリ〳〵、安房ノ方ヘゾ趣ケル。大介ガ輿ハ、雑色共ノ舁タリケルガ、敵近ク責カ、リケレバ、輿ヲモステ、逃《にげ》ニケリ。近ク付仕《つきつかはれ》ケル女一人ゾ付タリケル。敵ガ冠者原《ばら》追カヽリテ、大介ガ衣装ヲハギケレバ、「我ハ三浦ノ大介ト云者也。カクナセソ」ト云ケレドモ不レ叶《かなはず》。直垂モハガレニケリ。

サルホドニ夜モアケニケレバ、大介、「アワレ、我ハヨク云ツルモノヲ。城中ニテコソ死ムト思ツルニ、若キ者ノ云《いふ》ニ付テ、犬死シテムズル事コソ口惜ケレ。サラバ、同《おなじく》ハ畠山ガ手ニ懸リテ死《しな》バヤ」ト云ケレドモ、江戸大郎馳来《はせきたり》テ、大介ガ頸ヲバ打テケリ。「イカニモヲトナノ云事ハ様《やう》有ベシ。元ヨリ大介ガ云ツル様ニ、城中ニステヲキタラバ、カホドノ恥ニハ及ザラマシ」トゾ人申ケル。

兵衛佐ハ、土肥ノ鍛冶屋ガ入《いる》ト云《いふ》山ニ籠《こもり》テオワシケルガ、峯ニテ見遣《みやり》ケレバ、伊東入道、土肥ニ押寄テ、真平ガ家ヲ追補5シ、焼払ケリ。真平、山ノ峯ヨリ遙ニ見下シテ、「土肥ニ三ノ光アリ。第一ノ光ハ、八幡大菩薩ノ君ヲ守奉リ給《たまふ》御光也。次ノ光ハ、君御繁昌アテ、一天四海ヲ耀シ給ワムズル御光也。次ノ小

1 「ハ」、傍書補入。
2 「七十九歳」、右に「八十四歳」と傍書。
3 「リ」、傍書補入。
4 「ネ」、「サ」に重ね書き。
5 「補」、「捕」の当字。

光ハ、真平ガ、君ノ御恩ニ依テ放光セムズル光ナリ」トテ、舞カナデケレバ、人皆咲《わらひ》ケリ。

十六　兵衛佐安房国へ落給事

猿《さる》程ニ、真平ガ妻ナリケル人ノ許ヨリ、使者ヲ遣シテ云ケルハ、「三浦ノ人々ハ小坪坂ノ軍《いくさ》ニハ勝テ、畠山ノ人々多ク誅《うた》レタリケルガ、衣笠城ノ軍ニ打落サレテ、君ヲ尋奉リテ、安房国ノ方ヘ趣《おもむき》ニケリ。忩《いそ》ギ彼《かの》人々ニ落加《おちくはは》リ給《たまふ》ベシ」ト申タリケレバ、真平此《この》由ヲ聞テ、「サテハウレシキ事ゴサムナレ」トテ、「相構《あひかまへ》テ、今夜ノ中ニ海人船ニ召テ、安房国ヘツカセ給テ、重テ弘経、胤経[1]等ヲモ召テ、今一度御冥加ノ程ヲモ御覧候ヘ」ト申ケレバ、「尤《もつとも》可レ然」トテ、小浦ト云《いふ》所ヘ出給テ、海人船一艘ニ乗リテ、安房国ヘゾ趣給ケル。兵衛佐已下《いげ》ノ人々七人ナガラ、皆大童ニテ、烏帽子キタル人モナカリケリ。其《その》浦ニ二郎大夫ト云者ノ有ケルニ、「烏帽子ヤアル。進《まゐらせ》ヨ」ト宣ケレバ、二郎大夫、サル古老ノ者ナリケレバ、カヒ〴〵シク烏帽子十頭《かしら》進《まゐら》セタリケレバ、兵衛佐悦《よろこび》給テ、「此ノ勧賞ニハ、国ニテモ庄ニテモ、汝ガ乞《こふ》ニ依《よる》ベシ」トゾ宣ケル。二郎大夫、宿所ニ帰テ、妻子ニ向テ申ケルハ、「烏帽子一《ひとつ》ヲダニモモタヌ落人ニテ逃迷《にげまどふ》人ノ、荒量ニモ預タリツル国、庄カナ」ト申テ咲《わらひ》ケリ。

真平、「此《この》御船トク出《いだ》セ」ト云ケレバ、子息遠平、「シバラク相待事候《あひまつ》」ト云ケレバ、真平、「何事ヲ相待ベキゾヤ。己《おのれ》ガシウトノ伊東ノ入道ヲ待得テ、君ヲモ我ヲモ打《うた》セムトスルナ。岡崎殿、其《その》弥太郎女《め》ガ頸打落シテタベ」ト云ケレバ、岡崎、「サルニテモ、主ト父トノ事ヲ、舅ノ事ニ思ヒ替《かへ》[2]ジナ、弥太郎」トゾ云ケル。ヤガテ船指出《さしいだ》シタリケレバ、案ノ如《ごとく》ニ、伊東入道卅余騎、ヒタ甲《かぶと》ニテ片手矢ハゲテ追来《おひきたる》。追サマニモ数百騎ニテ責来ル。「賢クゾ、トク御船ヲ出シテ」トゾ人々云合《いひあひ》ケル。

1 「胤経」、底本のまま。長門本「つねたね」。
2 「シ」、傍書補入。

十七　土屋三郎与小二郎行合事

サテ北条四郎時政ハ甲斐国ヘ趣《おもむき》、一条、武田、小笠原、安田、坂垣[1]、曾祢禅師、那古蔵人、此《この》人々ニ告ケルヲバ、兵衛佐ハ知給ハデ、「此事ヲ甲斐ノ人々ニ知セバヤ」トテ、「宗遠行《ゆけ》」トテ、御文書《かき》テ遣シケリ。夜ニ入テ足柄山ヲ越ケルニ、関屋ノ前ニ火高ク焼《たき》タリ。人アマタ臥タリ。土屋三郎アユミヨリテ、足音高《たかく》[2]シ、シワブキシテ詈《ののし》リケレドモ、「タソ」トモイワズ。土屋三郎思ケルハ、「ネ入タルヨシヲシテ、コヽヲトヲシテ、先ニ人ヲヲキテ中ニ取籠《とりこめむ》トスルヤラム」。サレバトテ、可レ帰《かへるべき》ニモ非ズシテ、走廻《はしりめぐり》ケレバ、誠ニネ入タリケル時ニ、ヲトモセズ。サテ人一人行逢《ゆきあひ》タリ。アレモヲソレテモノモイワズ、是モヲヂテオトモセズ。中一段計《ばかり》ヲ隔《へだて》テ、互ニニラマヘテ時ヲウツスホド立タリケリ。土屋三郎ハサル古兵《ふるつはもの》ニテ有ケレバ、声ヲ替テ問ケリ。「只今此《この》山ヲ越給《こえたまふ》ハ、イカナル人ゾ」ト云ケレバ、「カク宣《のたまふ》ハ、又イカナル人ゾ」。「ワ殿ハ誰ソ〱」ト問《とふ》程ニ、互ニ知タル声ニ聞《きき》ナシツ。「土屋殿ノマシ〱候カ」。「宗遠ゾカシ。小二郎殿カ」。「義治候」。土屋ハ元ヨリ子ナカリケレバ、兄岡崎四郎ガ子ヲ取テ、甥ナガラ養子ニシテ、平家ニ仕ヘテ在京シタリケルガ、此事ヲ聞テ、夜昼下リケルガ、可レ然《しかるべき》事ニヤ、親ニ行逢《ゆきあひ》ニケリ。夜中ノ事ナレバ、互ニ顔ハミズ、声計《ばかり》ヲ聞テ、手ニ手ヲ取組テ、云遣《いひや》ル方モナシ。只、「イカニ〱」トゾ云ケル。

山中へ入テ、木ノ本《もと》ニ居テ、土屋小二郎ガ申ケルハ、「京ニテ此事ヲ承テ下《くだり》候ツルガ、今日五日ハ馬乗タテ、、歩行《かち》ニテ下候。下人一人モ追付ズ。コノヒル木瀬川宿ニテ承《うけたまはり》候ツレバ、『石橋軍《いしばしのいくさ》ニ、兵衛佐殿モ打レ給ヒヌ。土屋、岡崎モ打《うたれ》タリ』ト申候ツレバ、憖《なまじひ》ニ京ヲバ罷出《まかりいで》候ヌ、波ニモ礒ニモ付ヌ心地シテ候ツルガ、サルニテモ、土屋ノ方ヘマカリテ、一定《いちぢやう》ヲ承定《さだめ》ムトテ下候ツルガ、関屋ノ程ガ思遣《おもひやら》レテ、足占《あしうら》シテ候ツルナリ」ト語《かたり》ケレバ、土屋三郎思ケルハ、「弓矢取《とる》者ノニクサハ、親ヲ打テハ子ハ世ニアリ、子ヲ殺シテハ親世ニアル習ナレバ、シカモ実ノ親ニテモナシ。アレハ只今マデ平家ニ仕ヘタリ、是ハ源氏ヲタノミテアリ。『首ヲ取テ平家ノ見参ニモヤ入ラム』ト思ラム」ト

1 「坂垣」、「板垣」とあるべき。
2 「シ」、一字衍か。長門本「あしをとたかくしはふきして」

思ケレバ、有ノマヽニモ云《いは》ザリケリ。「打レタル人トテハ、ワ殿ガ兄余一殿、北条三郎、沢六郎。公藤介ハ自害シツ。兵衛佐殿ハ甲斐ヘト聞《きく》時ニ、尋奉リテ趣《おもむく》也。イザヽラバ、ワ殿モ」トテ、カヒ具《ぐし》テツレテユク。甲斐国ヘ趣テ、一条二郎ガ許《もと》ニテゾ、有ノマヽニハ語ケル。

十八　三浦ノ人々兵衛佐ニ尋合奉事

三浦ノ人々ハ、主ニハ別レヌ、親ニハ後《おく》レヌ、アマノ船流シタル心地シテ、安房国北方、龍ガ礒ニゾ着《つき》ニケル。シバラクヤスラフホドニ、遙《はるか》ノヲキニ、雲井ニキヘテ、船コソ一艘ミヘタリケレ。此《この》人々申ケルハ、「アレニ見ユル船コソアヤシケレ。是《これ》程ノ大風ニ海人船、釣船、アキナイ船ナムドニテアラジ。アワレ兵衛佐殿ノ御船ニテヤ有ラム、又敵ノ船ニテヤ有ラム」トテ、弓絃シメシテ用心シテ有ケルニ、船ハ次第ニ近クナル。誠ノ兵衛佐ノ御船ナリケレバ、カサジルシヲ見付テ、三浦ノ船ヨリモ笠ジルシヲゾ合《あはせ》ケル。猶用心シテ、兵衛佐殿ハ打板ノ下ニ隠《かくし》奉リテ、ソレガ上ニ殿原ナミ居タリ。三浦ノ人々ハイツシカ心モトナクテ、船ヲゾ押合《おしあはせ》ケル。船押合テ、輪田小大郎申ケルハ、「イカニ、佐殿ハ渡ラセ給《たまふ》カ」。岡崎申ケルハ、「我等モ知進《しりまゐら》セヌ時ニ、尋奉リテアリクナリ」トテ、昨日一昨日ノ軍《いくさ》ノ物語ヲゾ初ケル。三浦ハ、「大介ガ云シ事ハ」トテ、語《かたり》テ泣《なく》。岡崎ハ、「与一ガ打レシ事ハ」トテ、語リテ泣《なく》。兵衛佐ハ打板ノ下ニテ是ヲ聞給テ、「哀《あはれ》、世ニアリテ是等ニ恩ヲセバヤ」トゾ、サマ〴〵ニ被レ思ケル。「イタク久《ひさしく》隠レ[1]テ、是等ニ恨ラレジ」トテ、「頼朝ハコ、ニアルハ」トテ、打板[2]ノ下ヨリ出給《いでたまひ》タリケレバ、三浦ノ人々是ヲ見奉リテ、各《おのおの》悦《よろこび》泣《なき》共《ども》シアヒケリ。和田小大郎ガ申ケルハ、「父モシネ、子孫モ死《しな》バシネ。只今君ヲ見奉リツレバ、其《それ》ニ過タル悦ナシ。今ハ本意ヲ遂ム事、不レ可[3]レ有レ疑。君今ハ只、侍共ニ国々[4]ヲ分チ給ベシ。義盛ニハ侍ノ別当ヲ給《たまふ》ベシ。上総守忠清ガ平家ヨリ八个国ノ侍ノ別当ヲ給《たまはり》テ、モテナサレシガ、浦山敷候《うらやましく》シニ」ト申ケレバ、兵衛佐ハ、「所アテ、余リニ早シトヨ」トテ咲《わらひ》給《たまひ》ケリ。

1 「レ」、補入か。
2 「板」、底本「坂」を訂した。
3 「可」、傍書補入。
4 墨滅、虫損あり。影印本「判読一覧表」による。

其夜ハ兵衛佐安房国安戸[1]大明神ニ参詣シテ、千反《べん》ノ礼拝ヲ奉テ、

源ハ同流《おなじながれ》ゾ石清水セキアゲ給ヘ雲ノ上マデ

其夜、御宝殿ヨリ気高キ御声ニテ、

千尋マデ深クタノミテ石清水只セキ上《あげ》ヨ雲ノ上マデ

兵衛佐ハ使者ヲ上総介、千葉介ガ許ヘ遣《つかはし》テ、「各《おのおの》忩ギ来ルベシ。既ニ是程ノ大事ヲ引出シツ。此上ハ、頼朝ヲ世ニアラセム、世ニアラセジハ、両人ガ意《こころ》也。弘経ヲバ父トタノム。胤経[2]ヲバ母ト思ベシ」トゾ宣ケル。両人共ニ、元ヨリ領状シタリシカバ、胤経三千余騎ノ軍兵ヲ卒《そつし》テ、結城ノ浦ニ参会シテ、即《すなはち》兵衛佐殿ヲ相具《あひぐし》奉テ下総国府ニ入《いれ》奉リテ、モテナシ奉リテ、胤経申ケルハ、「此河ノ鰭《はた》ニ、大幕百帖計《ばかり》引散《ひきちら》シ、白旗六七十流、打立《うつたて》〳〵ヲカレ候ベシ。是ヲ見ム輩《ともがら》、江戸、葛西ノ輩、皆参上シ候ワムズラム」ト申ケレバ、「尤《もつと》モサルベシ」トテ、其定《そのぢやう》ニセラレタリケルホドニ、案ノ如《ごとく》、是ヲ見ル輩皆《みな》悉ク参上ス。猿《さる》程ニ無《ほどなく》レ程六千余騎ニ成ニケリ。

1　「戸」、右に「洲イ」と傍書。「戸」は「房」の略字か。
2　「胤経」、底本のまま。長門本「つねたね」

十九　上総介弘経佐殿ノ許へ参事

上総介弘経ハ此《この》次第ヲ聞テ、「我《われ》遅参シヌ」ト思テ、当国ノ内、[1]伊北、伊南、庁南、庁北、[2]准西、准東、畔蒜、堀口、武射山辺ノ者共、平家ノ方人シテ、強《つよ》ル輩ヲバ、押寄《おしよせ》々々是ヲ討《うつ》。随《したがふ》輩ヲバ是ヲ相具《ぐし》テ、一万余騎ニテ上総国府へ参会シテ、此子細ヲ申ケレバ、兵衛佐聞給テ、真平ヲ使ニテ宣ケルハ、「今マデ遅参之条、存外《ぞんのほか》ナレドモ、沙汰ノ次第 尤《もつとも》神妙也。速《すみやかに》彼《かの》陣ニ候ベキ」ヨシヲイワセラル。此勢ヲ相具[3]シテ、一万六千余騎ニ成ニケリ。

弘経屋形ニ帰テ、家子郎等ニ向テ申ケルハ、「此ノ兵衛佐ハ、一定《いちぢやう》ノ大将軍也。弘経此《これ》程ノ多勢ヲ卒シテ向《むかひ》タラムニハ、悦感ジテ、忩出合《いそぎいであひ》テ、耳ト口ト指合《さしあはせ》テ、サ、ヤキ事、追従事《ついしようごと》ナムドヲコソ宣ワムズラムト思ツルニ、真平ヲ以テ宣タリツル、一ニハヲホケナク、一ニハ大クワイナ心也。誰人ニモ、ヨモ荒量ニハカラレ給ワジ。一定本意ハ遂《とげ》給ワムズラム。昔、将門ガ八个国ヲ打

1　丁末の上端に「五」とあり。巻五を示すか。
2　「准西准東」、長門本「望西望東」
3　「シ」、補入か。

塞テ、ヤガテ王城へ責入ムトシケルニ、平家ノ先祖貞盛朝臣、勅宣ヲ承テ下向シタリケル時、俵藤太秀郷ト云《いふ》兵《つはもの》、多勢ニテ将門ガ許へ行タリケルニ、将門余リニ喜テ、ケヅリケル髪ヲモ取上ズシテ、白衣ナル大童ニテ、讃岐円座ヲ二《ふた》ッ手ニ持テ出テ、一ハ俵藤太ニシカセ、一ハ己《おの》レシキテ[1]、種々ノ饗応事共ヲ云ケレバ、秀郷サル賢《かしこき》者ニテ、『此人ノ体《てい》、軽相也。我《わが》身ヲ平親王ト称ズル[2]程ノ人ノ、手《てづか》ラ敷物ヲ以テ出[3]、民ニシカセツル条、逆ナリ。日本国ノ大将軍ト、エナラジ』トテ、ヤガテスルボヒノキニケリ。ソレマデコソ無《なく》トモ、セメテハ御前へ近クメサルベカリツル者ヲ」トゾ云ケル。

サテ、兵衛佐ハ、武蔵国ト下総国トノ境ニ住田川《すみだがは》ト云《いふ》河鰭《かはばた》ニ陣ヲ取《とる》。武蔵国《むさしのくにの》住人江戸太郎、葛西三郎等ガ一類、数《かず》ヲ振《ふるひ》テ参上ス。兵衛佐ハ、「彼等ハ、衣笠城ニテ我ヲ射タリシ者ニハ非《あらず》ヤ。大庭、畠山ニ同意シテ、凶心ヲ挿《さしはさみ》テ参タルカ」トイワセラレタリケレバ、彼《かの》輩、再三陳申《ちんじまうす》ニヨリテ、イカニモナシタケレドモ、当時ノ勢ノホシケレバ、大将軍ガ物具計《ばかり》ヲ被レ召テ、「後陣ニ候ヘ」トテ被《めしぐせらる》二召具一。

又兵衛佐宣ケルハ、「平家ノ嫡孫小松少将惟盛ヲ大将軍トシテ、五万余騎ニテ、上総守忠清ヲ先陣ニテ、斎藤別当実盛ヲ東国ノ案内者トシテ下《くだる》ベキヨシ風聞ス。同《おなじく》ハ、甲斐、信乃《しなの》両国、敵ノ方ニ成《なら》ヌ先ニ、此河ヲ渡《わたり》、足柄山ヲ後《うしろ》ニアテ、富士川ヲ前ニアテ、、[4]陣ヲ取ムト思《おもふ》ナリ」ト有ケレバ、「此《この》義尤《もつとも》可レ然」トゾ各同《おのおのどうじ》申ケル。「サラバ、江戸太郎、此程ノ案内者也。浮橋渡《わたし》テ進《まゐら》スベシ」ト宣ケレバ、江戸ハ兵衛佐ノ御気色ニ入《いら》ムト思ケレバ、無レ程《ほどなく》浮橋ヲ渡テ進《まゐらせ》タリ。此橋ヲ打渡《うちわたり》テ、武蔵国豊島ノ上、瀧野川ノ板橋ト云所ニ陣ヲ取《とる》。其勢既ニ十万騎ニ及ベリ。八个国大名、小名、別当、権守《ごんのかみ》、庄司、大夫ナムド云様《いふやう》ナル一党ノ者共、我《われ》ヲトラジト、或ハ二三十騎、或ハ四五十騎、百騎、面々ニ白旗ヲ指《さし》テゾハセ集リケル。兵衛佐ハ先《まづ》当国六所大明神ニ詣《まゐり》給テ、上矢ヲヌイテ献《たてまつ》ラル。

1 「シキテ」、底本「シキテシキテ」。衍字と見て訂した。
2 「称ズ」、日葡辞書には Xôzuru とある。
3 「以」、「持」の当字。
4 「、（オドリ字）」、虫損。

二十　畠山兵衛佐殿へ参ル事

其時畠山ノ二郎、乳母ノ半沢六郎成清ヲ呼テ云ケルハ、「当時ノ世間ノ有様、イカヤウナルベシトモ覚ヘズ。父庄司、叔父小山田ノ別当、六波羅ニ祗候ノ上ハ、余所《よそ》ニ思ベキニアラネバ、三浦《みうらの》人々ト一軍《ひといくさ》シテキ。且ハ[1]定子細、三浦人々ニ云置ヌ。今、兵衛佐殿ノ放光繁昌、直事《ただこと》トモ覚ヘズ。平《ひら》ニ推参セバヤト思《おもふ》ハイカニ」ト云ケレバ、成清申ケルハ、「其《その》事ニ候。『此《この》旨ヲ只今申合《まうしあはせ》奉ラム』ト存《ぞんじ》ツル也。弓矢ヲ取《とる》習、父子両方ニ分《わかる》ル事ハ常《つねの》事也。且ハ又平家ハ今ノ主、佐殿ハ四代相伝ノ君也。トカクノ儀ニ及マジ。トク〳〵御推参有ベシ。遅々セバ、一定追討使遣《つかは》サレヌ」ト申ケレバ、五百余騎ニテ、白旗、白弓袋ヲ指テ参テ、見参ニ可レ入《いるべき》之由ヲゾ申ケル。

兵衛佐宣ケルハ、「汝ガ父重能、叔父有重、当時平家ニ仕《つかふ》。就レ中小坪ニテ我ヲ射タリシ上、頼朝ガ旗ニ只同様《おなじやう》ナル旗ヲ指《ささ》セタリ。定《さだめて》存《ぞんずる》旨有《むねある》カ」ト宣ケレバ、重忠申ケルハ、「先《まづ》小坪ノ軍《いくさ》ノ事ハ存知之旨、三浦ノ人々ニ再三申置候ヌ。其《その》次第定テ披露候歟。全ク私ノ意趣ニ候ワズ、君ノ御事ヲ忽緒スル[2]事ヲモ存ゼズ。次ニ旗ノ事ハ、御前祖《せんぞ》八幡殿、武衡、家衡ヲ追討セサセ給候シ時、重忠ガ四代ノ祖父秩父十郎武綱、初参シテ、此旗ヲ指《さし》テ御共仕《つかまつり》テ、先陣ヲカケテ、即《すなはち》彼《かの》武衡ヲ追討セラレニキ。近《ちかく》ハ御舎兄悪源太殿、多胡先生殿ヲ大倉ノ館ニテ政[3]ラレシ時ノ軍《いくさ》ニ、重忠ガ父、此《この》旗ヲ指テ、即時ニ討落シ候ニキ。源氏ノ御為、旁《かたがた》重代相伝ノ御悦《よろこび》也。仍《よつて》其《その》名ヲ吉例ト申候。君ノ今日本国ヲ打取セ御シ候御時、吉例ノ御旗指テ参リテ候。此上ハ御計《はからひ》」トゾ陳《ちんじ》申ケル。兵衛佐、千葉、土肥ナムドニ、「イカヾ有ベキ」ト問レケレバ、「畠山、ナ御勘当候ソ。畠山ダニモ打セ給ヌル物ナラバ、武蔵、相模ノ者共、努々[4]御方ヘ参マジ。彼等ハ畠山ヲコソ守候ラメ」ト、一同ニ申ケレバ、「誠ニ理《ことわり》ナリ」ト被レ思ケレバ、畠山ニ宣ケルハ、「誠陳申所《まことにちんじまうすところ》、条々無《なき》レ謂《いはれ》ニアラズ。サラバ我《われ》日本国ヲ討平ゲムホドハ、一向先陣ヲ勤《つとむ》ベシ。但《ただし》頼朝ガ旗ニ只同《おなじ》キガ、マガウ事ノ有《ある》ニ、汝ガ旗ニハ此《この》革ヲスベシ」トテ、藍革一文ヲゾ被レ下ケ

1 「定子細」、長門本「そのしさい」
2 「ル」、補入か。
3 「政」、「攻」か。長門本「せめられし」。
4 「努々」、底本には「奴々々」とあるが、「奴々」を「努」の誤写とみて訂した。

努ユメ〳〵（類聚名義抄）

ル。ソレヨリ畠山ガ旗ニハ、小文ノ藍革ヲ一文押タリケリ。中〳〵珍クゾ見ヘケル。是ヲ聞テ、武蔵、相模ノ住人等、一人モ不レ漏《もれず》皆馳参《はせまゐ》ル。

大庭三郎此《この》次第ヲ聞テ、「叶ワジ」ト思テ、平家ノ迎《むかへ》ニ上リケルガ、足柄ヲ越テ藍沢宿ニ付タリケルガ、前ニハ甲斐源氏二万余騎ニテ駿河国へ越《こえ》ニケリ。「兵衛佐ノ勢、雲霞ニテ責集《せめあつまる》」ト聞ヘケレバ、「中ニ取籠《とりこめ》ラレテハ叶ワジ」トテ、鎧ノ一ノ坂[1]切落シテ、二所権現ニ献《たてまつ》リテ、相模国へ引帰《ひきかへり》テ、ヲクノ山へ逃籠《にげこもり》ニケリ。

平家ハカヤウニ内儀スルヲモ知ラズ、「イカサマニモ、兵衛佐ニ勢ノ付《つか》ヌサキニ、撃手《うって》ヲ下スベシ」トテ、大政入道ノ孫、小松内大臣ノ嫡子惟盛ト申《まうし》少将、并ニ入道ノ舎弟薩摩守忠度トテ、熊野ヨリ生立《おひたち》テ、心猛キ仁ト聞ユルヲ撰[2]見セラル。又入道ノ末子ニテ、三川守知度ト申《まうす》、此三人ヲ大将軍トシテ、侍ニハ上総守忠清以下、伊藤、斎藤、官アルモ官ナキモ数百人、其勢三万余騎ヲ向《むけ》ラル。彼《かの》惟盛ハ貞盛ヨリ九代、正盛ヨリハ五代、入道相国ノ嫡孫、小松内

1　「坂」、「板」とあるべきか。底本は

大臣重盛ノ嫡男也。平家嫡々ノ正統也。今、凶徒乱《らん》ヲナスニヨリテ、大将軍ノ撰ニ当ル。ユ、シカリシ事也。

右に「草摺イ」と傍書。

2 「撰見セラル」、長門本「ゑらひくせらるゝ」

十一日、頼朝追討スベキヨシ宣下セラル。其《その》官府宣《いはく》云、

廿一　頼朝可追討之由被下官符事

可三早追二討伊豆国流人源頼朝幷与力輩一事

左弁官下　東海東山道諸国

右、大納言兼左近衛大将藤原実定　宣レ奉レ勅。伊豆国流人源頼朝、忽ニ[1]相語テ二凶党ヲ一、欲レ虜二掠セン当国隣国ヲ一。叛逆之至リ、既ニ絶二[2]常図ニ一。宜ク《ベシ》令二追討セ一。右近衛権少将惟盛、薩摩守同忠度、参河守同忠度、[3]参河守同知度等、兼又、東海東山両道堪ノ二武勇ニ一者、同ク可三追二討スヲ之一。其中ニ群抜有二殊功一輩ハ、可レ加二不次之賞ヲ一。諸国宜ク承二知一。依レ宣行ニレ之ヲ。

1 「二」、虫損。

2 「常図」、『玉葉』。『山槐記』に「常篇」。

3 「参河守同忠度」、目移りによる衍か。長門本・『玉葉』・『山槐記』なし。

治承四年九月[1]十六日　左大史小槻宿禰

蔵人頭左中弁藤原経房奉

左弁官下す　東海東山道諸国

早く伊豆国の流人源頼朝幷びに与力の輩を追討すべき事

右、大納言兼左近衛大将藤原実定、勅を奉りて宣す。伊豆国の流人源頼朝、忽ちに凶党を相語らひて、当国、隣国を虜掠せんと欲す。叛逆の至り、既に常図に絶す。宜《よろし》く追討せしむべし。右近衛権少将惟盛、薩摩守同じく忠度、参河守同じく知度等、兼ねて又、東海東山両道の武勇に堪ふる者、同じくこれを追討すべし。其《その》中に群抜にして殊功有る輩は、不次の賞を加ふべし。諸国宜《よろし》く承知すべし。宣に依り之を行ふ。

治承四年九月十六日　左大史小槻宿禰

蔵人頭左中弁藤原経房　奉《うけたまは》り

ト被《か》レ書《かれ》タリ。

昔ハ朝敵ヲ討平ゲムトテ、外土へ向《むかふ》大将軍ハ、先《まづ》参内シテ節刀ヲ賜ハル。震儀南殿ニ出御シ、兵衛階下ニ陣ヲ引《ひき》、内弁、外弁ノ公卿参烈シテ、中儀節会ヲ行ワル。大将軍、副将軍各《おのおの》礼儀ヲタヾシクシテ、是ヲ賜ワル。サレドモ承平、天慶ノ前蹤モ、年久《ひさし》クナリテ准《ナゾラ》ヘガタシ。今度ハ堀川院ノ御時、嘉承二年十二月、因幡守正盛ガ、前対馬守源義親ヲ追討ノ為ニ、出雲国へ下向セシ例トゾ聞ヘシ。鈴バカリハ賜《たまはり》テ、革ノ袋ニ入テ、人ノ頸ニ懸サセタリケル[2]トカヤ。

1 「十六日」、『山槐記』に「五日」。『玉葉』にも五日とする。
2 「ト」、補入か。

廿二　昔シ将門ヲ被追討事

[1]朱雀院御時、承平年中ニ、平将門、下総国相馬郡[2]ニ住シテ、八个国ヲ押領シ、自《みづか》ラ平親王ト称ジテ都へ打上《うちのぼり》ケリ。帝位ヲ傾奉ラムトスル謀反ノ聞へ有ケレバ、

1 ↓一二七頁
2 ↓一二七頁

花洛ノ騒《さはぎ》ナノメナラズ。依レ之、天台山ニハ其《その》時ノ貫首法性房大僧都尊意ヲ始奉リテ、延暦寺ノ講堂ニテ、天慶二年二月ニ将門降伏ノ為ニ不動ヲ安ジ、鎮護国家ノ法[3]ニ修スル。是ノミナラズ、諸寺諸社ノ僧侶ニ仰《おほせ》テ、将門調伏ノ祈精有ケリ。

平家ノ先祖ニテ貞盛、其時無官ニテ上平太ト申ケル時、兵《つはもの》ノ聞エ有テ、将門追討ノ宣旨ヲ奉《うけたまは》ル。任《まかせて》レ例ニ節刀ヲ賜テ鈴ノ奏ヲシテ、相撲節被レ行レ之[4]ヲ時、方ノ左右、大将ノ礼儀振舞ナル。弓場殿ノ南ノ小戸ヨリ罷出ケルニ、副大将軍宇治民部卿忠久[5]、大将軍ニハ平貞盛、刑部大輔藤原忠舒[6]、右京亮藤原国幹《カス》[7]、大監物平清基、散位源就国、散位源経基等、東国へ発向ス。下野国押領使藤原秀郷、国ニシテ相伴《あひともなひ》ケリ。

貞盛已下《いげ》東路ニ打向テ、遙々ト下《くだり》ケル道スガラ、猛クヤサシキ事共有ケリ。中ニモ駿河国清見関ニ宿リタリケルニ、清原滋藤ト云者、民部卿ニ伴テ、軍監ト云《いふ》官デ下ケルガ、「漁舟[8]ノ火ノ影ハ寒クシテ焼レ浪ヲ、駅路ノ鈴ノ声ハ夜過レ山ヲ」ト云《いふ》唐韻ヲ詠ジタリケルガ、折カラ優ニ聞ヘテ、民部卿涙ヲ流《ながし》テゾ行《ゆき》ケル。

[9]天慶三年二月十三日ニ、貞盛以下《いげ》ノ官軍、将門ガ館へ押寄タリ。将門ガ余勢未ダ来リ集ラズ。先《まづ》四千余騎ヲ卒《そつし》テ、下総国幸島郡北山ニ陣ヲトテ相待処《あひまつところ》ニ、同《おなじき》十四日ノ未申両尅ニ合戦ヲトグ。爰ニ将門順風ヲ得タリ。貞盛風下ニ立タリ。暴風枝ヲ鳴シ、地籟塊《つちくれ》[10]ヲ運ブ。将門ガ南面ノ楯前《まへ》ヲ払フ。貞盛ガ北楯面《おもて》ニ吹掩《ふきおほひ》ケレドモ、貞盛事トセズ。両陣乱逢テ数剋合戦ヲ致ス。貞盛ガ中ノ陣ノ兵《つはもの》八十余騎、被二追靡一《おひなびけらる》。将門ガ凶徒等跡目《あとめ》ニ付テ襲来ル。貞盛以下官兵等、身命ヲ捨テ禦《フセキたたかふ》戦時、将門甲冑ヲ着シ、駿馬《マダラ》ニ乗テ懸出《かけいで》テ支タリ。馬ハ風飛ヲ忘タリ、人ハ梨老ノ術ヲ失ヘリ。将門ガ凶徒等防《ふせきたたかふ》戦事、輙《たやす》ク難二責落一カリケルニ、調伏ノ祈精酬《むくひ》テ、将門天罰ヲ蒙リ、神鏑暗《そら》[11]ニ中《あたり》テ、終《つひ》ニ被二誅戮一ケリ。

同四月廿五日ニ下総国ヨリ将門ガ首、都へ献《たてまつ》ル。大路ヲ渡シテ左《ひだりの》獄門ノ木ニ被レ懸《かけらる》。譬ヘバ馬ノ前ノ園、野原ニ遺《のこ》リ、俎[12]ノ上ノ魚、海浦ニ帰スルガ如シ。

1 この章段には、章の始めとなる「廿二」という数字は記されていない。
2 「馬」の右に「懸」と傍書あるが、本来は前行（「入テ」）に付されていたか。
3 「ニ」、「ヲ」の誤写か。長門本「そんゐをはしめとして、しよし、しよ山にちようふくのきたうをいたされけるに」
4 「被行之ヲ時」、底本のまま。長門本「相撲節会の時」
5 「久」、長門本「文」。従うべきか。
6 「輔」、底本「浦」。訂した。
7 「国幹《カス》」、ルビは底本のまま。
8 「漁舟の火の影は寒くして浪を焼く、駅路の鈴の音は夜山を過ぐ」（『和漢朗詠集』下・山水・502）
9 「天慶三年……」、以下、『将門記』本文と関係あるか。
10 塊ツチクレ（類聚名義抄）
11 暗ソラ（類聚名義抄）
12 「俎」、左に「マナヒタ」とルビ。

将門、名ヲ失《うしなひ》、身ヲ滅《ほろぼす》事、武蔵権守興世、常陸介藤原玄茂等ガ謀悪ヲ所レ致《いたす》也。[1]「貪レ徳ヲ背レ君ヲ者、如二踏レ鉾ヲ之虎一ノ」ト云ヘリ。将門ガ伴類等、或ハ誅《うた》レ、或ハ戦場ヲ逃出テ、国々ニ逃籠《にげこもり》タリ。将門ガ舎弟将頼并《ならびに》常陸介藤原玄茂ハ相模国ニシテ被レ誅、武蔵権守興世ハ上総国ニシテ被レ刎レ首、坂上ノ遂高《ノブ》[2]、藤原玄明ハ常陸国ニシテ被二誅戮一セ。此外ノ舎弟以下伴類等ハ、命ノ捨《すて》ガタサニハ深山ニ逃籠ル。妻子ヲ捨テ山野ニ迷《まどふ》輩、数ヲ不レ知。鳥ニ非《あらざれ》ドモ空《むなしく》四鳥ノ別《わかれ》ヲ致シ、山ニ非《あらず》シテ徒《いたづら》ニ三荊ノ悲《かなしみ》ヲ懐《いだ》ク。雷電ノ響ハ百里内ニハ聞ユ。将門、下総豊田郡[3]凶徒、謀叛ノ聞《きこ》ヘ、千里ノ外ニ通ズ。一生一業大康ノ罪業ヲ致シ、終《つひ》ニ黄泉ノ道ニ迷ラム、無慙《むざん》トモ愚也[4]。

于レ時《ときに》勧賞被レ行《おこなはれ》、上平太タリシ貞盛、忽ニ平将軍ト被二仰下一《おほせくださる》。其時陣座ノ作法、左大臣実頼小野宮殿、右大臣師輔九条殿、此外《このほか》公卿殿上人座《ざ》ニ烈シ給タリケルニ、九条殿申サセ給ケルハ、「大将軍ス、ムデ襲《おそひきたり》来テ、朝敵ヲ平グル事ハ左右ニ及バネドモ、後陣ニ副将軍ノ後《うしろ》ニ襲来《おそひきたる》ヲ憑シク思《おもふ》ニヨテ、合戦ノ思《おもひ》モ弥《いよいよ》猛也。而《しかる》ニ貞盛一人ニ勧賞ヲ被《おこなはれむ》レ行事、忠久[5]無二本意《ほいなく》一ヤ存《ぞんじ》候ワムズラム。大将軍ノ程ノ賞コソ候ワズトモ、少シニヲウタル賞ヤ忠久ニ可レ被《おこなはるべく》レ行候ラム」ト、度々申サセ給ケレドモ、小野宮殿、「サノミ勧賞行ワレ候ワム事、無下《むげ》ニ念ナク候ナム」ト申サセ給ケレバ、民部卿忠久ノ賞ハ遂ニ被レ行ザリケリ。忠久忽ニ怒《いかり》ヲナシテ、内裏ヲ罷出ラレケルニ、天モ響キ地モクヅルバカリナル大音声ヲ捧テ[6]、「小野宮殿ノ末葉、永ク九条殿ノ御末ノ婢《ヤツコ》トナシ給ヘ」ト詈《ののし》リテ、手ヲハタト打テ、左右ノ手ヲニギリ給ケル。十ノ爪二三寸計《ばかり》[7]ニ目ニミス〳〵ナリテ、ニギリ通シタリケレバ、見《みる》モヲビタヽシ。紅ヲ絞リタルガ如シ。ヤガテ宿所ニ帰テ、思死《おもひじに》ニ死テ、悪霊トゾ成ニケル。サレバニヤ、果テ[8]小野宮殿ノ御末ハ、今ハ絶ハテヽ、自《おのづか》ラ有《ある》人モ数ナラズ。九条殿ノ[9]ノ御末ハ、今マデ摂政絶サセ給ワズ。小野宮殿ノ御末ハ、皆九条殿ノ婢ニゾ成給《なりたまひ》ニケル。

朝敵ヲ平グル儀式ハ、上代ハカクコソアムナルニ、維盛ノ撃手《うつて》ノ使ノ儀式、

1 「貪徳……」、『将門記』には「左伝云」とするが、『左伝』には見えず。
2 「遂高《ノブ》」、ルビは底本のまま。
3 「下総豊田郡凶徒」、将門の注記か。『将門記』には、「将門之悪既通於千里之外。将門常好大康之業、終迷宣王之道。（中略）諺曰、将門、依昔宿世、住於東海道下総国豊田郡」
4 「愚」、「踈」の当字。
5 「久」、長門本「文」。以下同。
6 「捧テ」、アゲテと訓むか。未勘。
7 「ニ」、長門本なし。
8 「果テ」、長門本になし。
9 「ノ」、行末と次行の頭にあり。前行の「ノ」は「殿」の捨仮名か、衍字か。

先蹤ヲ守ラヌニ似タリ。「ナジカハ事行《ゆく》ベキ」トゾ、時人《ときの》申合《まうしあひ》タリケル。

廿三　惟盛以下東国へ向事

維盛以下ノ撃手《うつて》ノ使、九月十七日福原ノ新都ヲ出テ、同十八日古京ニ着《つく》。是ヨリ東国へ趣ク。甲冑、弓、胡籙、馬、鞍、郎等ニ至《いたる》マデ、カ、ヤク計《ばかり》ゾ出立《いでたち》タリケレバ、見人《みる》幾千万ト云事《いふ》ヲシラズ。

権亮少将惟盛ハ、赤地ノ錦ノ直垂ニ、大頸、ハタ袖ハ紺地ノ錦ニテ綺《いろ》ヘタリ。萠黄匂ノ糸威鎧ニ、連銭葦毛ノ馬ノ太ク呈《タクマ》[1]シキニ、鋳懸地ノ黄覆輪ノ鞍置タリ。年廿二、ミメ貌《かたち》勝《すぐれ》タリケレバ、画ニ書《かく》トモ筆モ可《およぶべく》レ及モミヘズ。

志《こころざ》シ不レ浅《あさから》ケル女房、忠度ノ許へ云遣《いひつかは》シケル。

東路ノ草葉ヲワケム[2]袖ヨリモタ、ヌタモトゾ露ケカリケル

ト申タリケレバ、忠度、

別レ路ヲナニカナゲカムコヘテ行《ゆく》セキヲ昔ノアト、思ヘバ

ト返シタリケリ。此《この》人貞盛ガ流《ながれ》ナレバ、昔将門ガ討手使《うつてのつかひ》ノ事ヲヨメルニヤ。女房ノ本歌ハ大方ノナゴリハサル事ニテ、返歌ハイマ〳〵シクゾ覚ユル。

1 「呈」、左に「逞」と傍書あり。「逞」の通字。
2 「ケ」、傍書補入。

廿四　新院厳島へ御幸事　付願文アソバス事

同[1]九月廿二日、新院又厳島へ御幸。去《さんぬる》三月ニモ御幸アリテ、其験《そのしるし》ニヤ、一両月程ニ天下鎮《しづまり》タル様《やう》ニミヘテ、法皇モ鳥羽殿ヨリ出御ナドアリシニ、去五月、高倉宮ノ御事ヨリ打連《つづ》キ、又シヅマリモヤラズ、天変頻《しきり》ニ示シ、地天常ニアテ、朝庭不レ穏《おだし》カラシカバ、惣《そうじて》ハ天下静謐ノ御祈念、別《べつし》[2]テハ聖体不予ノ御祈禱ノ為也。誠ニ、一年ニ二度ノ御幸ハ、神慮争《いかで》カ喜給ワザルベキ。御願成就モ疑ナシトゾ覚ヘシ。御共ニハ入道相国、右大将宗盛公以下《いげ》、卿相雲客八人トゾ聞ヘシ。此度ハ素紙墨字ノ法花経ヲ書[3]供養ゼラル。其外《そのほか》御手ヅカラ金泥ニテ提婆品ヲアソバサレタリケリ。件《くだんの》願文ハ御真文トゾ聞ヘシ。其《その》御願文云《いはく》、

1 この章段には、章の始めとなる「廿四」という数字は記されていない。
2 「テ」、傍書補入か。
3 caqicuyŏji,uru,ita　カキクヤウジ、ズル、ジタ　あることを書いてそれを仏に供える。（日葡辞書）

蓋聞《シク》、法性山静《ニシテ》、十四十五之月高晴《クレ》、権化地深《クシテ》、一陰一陽之風旁扇《ニゲ》。夫伊都岐島社者《ノ》、称名普聞之場《ナレバ》、効験無双之砌也。遙[1]嶺之廻《ル》二社壇《ヲ》一也、自顕《レ》[2]二大慈之高峙《クヲ》一、巨海之及《ノブ》二祠宇《ニ》一也、暗表《ニス》二弘誓之深湛《ヲ》一。伏惟《レバ》、初以《ハテ》二庸昧之身《ヲ》一、忝踏《クム》二皇王之位《ノヲ》一。今翫《ブ》[3]二謙[4]遊於厲[5]卿之訓《ヘニ》一、楽《ブ》二閑[6]放於射山之居《ノニ》一。而偸抽《デ、》二一心之精[7]誠《ヲ》一、詣《ズ》[8]二孤島之幽埃《アイニ》一。瑞[9]離之下仰《ニゲ》[10]二冥[11]恩《ヲ》一、凝《シテ》[12]二懇念《ヲ》一而流《ヌ》[13]レ汗、宝[14]宮之裏垂《ニル》二霊詫《ヲ》一。有《リ》二其告之銘《ノノ》一レ意《ズル》。就《ニ》レ中指《ニ》二怖畏謹慎之期《ヲ》一、専当《ル》[15]二季夏初秋之候《ニ》一。而間病[16]痾忽侵《ニシ》、弥思《フ》二神威之不《ノ》[17]レ空《コトヲシ》。萍桂《ヘイケイ》[18]頻転《ニズ》、猶無《シ》二医術之施《コトヲ》一レ験。雖[19]レ求《ムト》二祈禱《ヲ》一難《シ》レ散《ジ》二霧露《ヲ》一。不レ如《デ、》抽《ノ》二心府之志《ヲ》一、重欲《テ》レ企《ムト》[20]二斗藪《ソウノ》之行《ヲ》一。漠々《バク〱タル》[21]寒嵐之底、臥《テ》二旅[22]泊《ニ》一而破《リ》レ夢《ヲ》、凄々《セイ〱タル》微[23]陽之前、望《デ》[24]二遠路《ヲ》一而極《ム》レ眼《ヲ》。遂就《ニテ》[25]二枌楡《ユノ》之砌《ニ》一、敬展《デノベテ》[26]二清浄之莚《ヲ》一、奉《ル》三書写《ニ》二色紙墨字妙[27]法蓮花経一部《ノ》、開結二経、般若心経、阿弥陀経各一巻《ヲ》一、手自《ララ》奉《ル》三書写《ニ》二金泥提婆品一巻《ノ》一。于レ時蒼松蒼柏之陰、共添《ニヘ》二善利之種《ノヲ》一、潮去潮来《ホリル》之響、暗和《ニス》二梵唄之声《ニ》一。弟子辞《シテ》[28]二北闕之雲《ヲ》一八[29]日、雖レ無《トモ》二涼燠[30]之多廻《ノクルコト》一、

1　「遙」に声点⑦、「嶺」に声点⑤
2　「レ」、「シ」とあるべきか。
3　送仮名「ブ」、「ビ」とあるべき。
4　「謙」「遊」それぞれに声点⑦
5　「厲」に声点①
6　「閑」に声点⑦、「放」に声点①
7　「精」に声点⑤、「誠」に声点⑧
8　「詣」に声点⑦
9　「瑞」に声点②、「離」に声点⑦。「離」は「籬」の当字。
10　送仮名「グ」は「ギ」とあるべき。
11　「冥」「恩」それぞれに声点⑦
12　「懇」に声点⑤。「念」に声点⑤あるか。
13　送仮名「ヌ」は「シ」とあるべき。
14　「宝」に声点⑦、「宮」に声点①
15　送仮名「ル」、虫損。
16　「病」に声点⑦、「痾」に声点⑤

凌《コト》二西海之浪《ヲ》一二度《ビ》、深知《ル》二機縁之不《ル》一レ浅《カラ》。抑朝祈之客匪《ル》レ一《ニ》、暮賽《ニカヘリ申シスル》之者《もの》

且千[31]《チ、バカリナリ》。但尊[32]貴之帰敬雖《ト》レ多、院宮之往[33]詣未[34]《ダ》レ聞《ズ》レ之《ヲ》。禅定法皇初貽《テス》二其儀《ヲ》一。弟

子眇[35]《サイ》身深[36]運《クメグラス》二其志《ヲ》一。彼嵩高山之《ノ》月前《ニ》、漢武未《ダ》レ拝《セ》二和光之影《ヲ》一、蓬莱島之[37]雲底《ニ》、新照《ニテ》二

天仙空《クツ》隔二垂跡之塵《ヲ》一。如《ノ》二当社《ノ》一者曾《テ》無二比類[38]一。仰願《ハ》大明神、伏乞《テフ》一乗経、新照《ニ》二

丹[39]祈《ヲ》一、忽彰《ニアラハシ給へ》二玄応《ヲ》一。敬白。

治承四年九月廿八日　太上天皇御諱敬白

蓋《けだ》し聞く、法性の山静かにして、十四十五の月高く晴れ、権化の地深くして、一陰一陽の風 旁《かたがた》に扇ぐ。夫《そ》れ伊都岐島の社は、称名普聞の場なれば、効験無双の砌なり。遙嶺の社壇を廻るや、自《おのづか》ら大慈の高く峙《そばだ》てることを顕し、巨海の祠宇に及ぶや、暗に弘誓の深く湛ふることを表す。伏して惟《おもんみ》れば、初めは庸昧の身を以て、忝く皇王の位を踏む。今は謙遊を厲卿の訓《をし》へに翫《もてあそ》び、閑放を射山の居に楽しぶ。而るを偸《ひそ》かに一心の精誠を抽きんでて、孤島の幽埃に詣づ。瑞籬の下に冥恩を仰ぎ、

17 「威」、左に「感イ」とあり。
18 「萍」に声点⑦、「桂」に声点①
19 「雖」、底本「難」か。訂した。
20 「斗」「藪」にそれぞれ声点⑤
21 「寒」に声点⑦か。「嵐」に声点⑤か⑦か。
22 「旅」、右に「寒」と傍書。
23 「陽」に声点⑦
24 「遠」「路」にそれぞれ声点⑤
25 「枌」「楡」にそれぞれ声点⑦
26 「清」に声点①か。「浄」に声点⑧
27 「墨」に声点③、「字」に声点⑧
28 「北」「闕」にそれぞれ声点③
29 「八」に声点③、「日」に声点④
30 「煥」に声点③
31 「且千」、左にルビ「シヤセン」。
32 「尊」「貴」にそれぞれ声点⑦
33 「帰」に声点⑦、「敬」に声点①
34 「往」に声点①、「詣」に声点⑤
35 「眇」の左に「セウ」。「べウ」とあるべき。天子の謙称。
36 「身」に声点⑦
37 「島」に声点⑤
38 「比類」の上に、「無」脱か。長門本により補った。
39 「丹」に声点⑤、「祈」に声点⑦

懇念を凝《こら》して汗を流し、宝宮の裏《うち》に霊託を垂る。其の告の意に銘ずること有り。就中、怖畏謹慎の期を指すに、専ら季夏初秋の候に当る。而る間、病痾忽に侵し、いよいよ神威の空しからざることを思ふ。萍桂頻《しき》りに転ず、猶《なほ》医術の験を施すこと無し。祈禱を求むと雖も霧露を散じ難し。如《し》かじ、心腑の志を抽きんでて、重ねて斗藪の行を企てむと欲す。漠々たる寒嵐の底には、旅泊に臥して夢を破り、凄々たる微陽の前には、遠路を望んで眼《まなこ》を極む。遂に枌楡の砌に就いて、敬《つつし》んで清浄の莚を展《の》べて、色紙墨字の妙法蓮花経一部、開結二経、般若心経、阿弥陀経各《おのおの》一巻を書写し奉り、手づから自《みづか》ら金泥の提婆品一巻を書写し奉る。時に蒼松蒼柏の陰、共に善利の種を添へ、潮《うしほ》去り潮来《きた》るの響き、暗に梵唄の声に和す。弟子北闕の雲を辞して八日、涼燠の多く廻ること無しと雖も、西海の浪を凌ぐこと二度、深く機縁の浅からざることを知る。抑《そもそも》朝に祈る客一に匪《あら》ず、暮に賽《かへりまう》しする者且千《ちぢばかり》なり。但し尊貴の帰敬多しと雖も、院宮の往詣未だ之を聞かず。禅定法皇初て其儀を貽《のこ》す。弟子眇身深く其の志を運《めぐら》す。彼《か》の嵩高山の月の前には、漢武未だ和光の影を拝せず、蓬莱島の雲の底には、天仙空しく垂跡の塵を隔つ。当社のごときは曾《かつ》て比類無し。仰ぎ願はくは、大明神、伏して乞ふ、一乗経、新たに丹祈を照らして、忽ちに玄応を彰《あらは》したまへ。敬《つつ》しんで白《まう》す。

治承四年九月廿八日　太上天皇御諱敬白

廿五　大政入道院ニ起請文カヽセ奉事

御奉幣之後、廻廊ニ御通夜アリ。遙ニ夜フケテ、御前ニ祗候ノ人々ヲバ皆ノケラレテ、入道幷ニ宗盛公参テ、密《ひそか》ニ被レ申ケルハ、「東国ニ兵乱起テ候。源氏ニ御同心アラジト御起請文アソバシテ、入道ニ給《たまはり》候へ。心安ク存ジテ、弥《いよいよ》宮仕《みやづかへ》申候ベシ。若《もし》被二聞召一候ワズハ、此《この》離島ニ棄置進ラ[1]セテ、罷帰《まかりかへり》候ベシ」ト被レ申ケレバ、上皇少《すこし》モ騒セ給ワズ、打咲《わら》ワセ給テ、「其《その》条イト安シ。但、年来何事カハ、入道ハカラヒ申タル事ヲ背《そむき》タル。今初テ二心アル身ト被[2]レ思覧コソ本意ナケレ」ト仰《おほせ》有ケレバ、宗盛公、硯、紙持テ参タリ。「サテ、イ

1　「ラ」、補入か。
2　「被」、受身の意。長門本「おもふらん」

カニト書《かく》事ゾ」ト仰《おほせ》アリ。入道ノ申《まうす》マヽニアソバシテ給ワル。入道是《これ》ヲ拝見シテ、上皇ヲ拝奉テ、「今コソタノモシク候ヘ」トテ、前右大将ニ見ス。「凡《およそ》目出候《めでたく》」ト被レ申ケレバ、入道取テ懐《ふところ》ニ入テ退出《まかりいづ》[1]。「人々御前へ御参候へ」ト、常ヨリモ心ヨゲナル気色ニテ被レ申ケル時、郡[2]綱卿被レ参タリ。カタヘノ人ハツヤ〳〵其《その》心ヲエズ。余リニオボツカナカリケルトカヤ。

十月五日還幸。今度ハ福原ノ新都ヨリ御幸ナレバ、斗藪ノ御煩《わづらひ》ナカリケリ。

1　退マカル（類聚名義抄）
2　郡クニ（類聚名義抄）

廿六　法皇夢殿へ渡セ給事

十七日、夢殿ト云《いふ》所ニアタラシキ御所ヲ立テ、日来渡ラセ給ケルガ、三条へ渡《わたら》セ給ベキヨシ、入道相国申ケレバ、法皇渡セ給《たまふ》。御輿ニテゾ有ケル。御共ニハ左京大夫修範《ナガノリ》候ワレケリ。楼ノ御所トテイマ〳〵シキ名アル御所ヲ出《いで》サセ給キ[1]。世ノ常ノ御所へ入セ給《たまふ》ゾ目出《めでた》キ。「是モ厳島ノ御幸ノ験《しるし》ニヤ」トゾ被二思召一ケル。「入道事外《ことのほか》ニ思直[2]ラル、ニコソ」ト被二思召一。

1　「キ」、「テ」とあるべきか。
2　「思直ラル、ニコソ」、上皇の心中思惟としては、「ル、」不審。長門本「なをるは」

廿七　平家ノ人々駿河国ヨリ逃上事

平家ノ討手ノ使、三万余騎ノ官軍ヲ卒シテ、国々宿々ニ、日ヲ経テ宣旨ヲ読懸《よみかけ》ケレドモ、兵衛佐ノ威勢ニ怖《おそれ》テ従付《したがひつく》者ナカリケリ。駿河国清見関マデ下《くだり》タリケレドモ、国々輩《くにぐにの》一人モ従ワズ。兵衛佐ノ勢ハ日ニ随テ馳重《はせかさな》ルト聞《きこえ》ケレバ、大将維盛、忠度等、斎藤別当実盛ヲ召テ、明日ノ合戦ノ事ヲ談議セラレケル次《つい》デニ、「抑《そもそも》頼朝ガ勢ノ中ニ、[1]己《おのれ》ホドノ弓勢ノ者、何計《いかばかり》有」ナムド被レ問ケレバ、「実盛ヲダニモ弓勢《ゆんぜいの》者ト被二思召一候カ。奥ザマニハ矢ツカハ十二三束、十四五束ヲ射《い》ル者ノミコソ多《おほく》候ヘ。弓ハ二人張ノ弓ヲノミ持アヒテ候。冑《よろひ》ヲ二三両ナムド重《かさね》テ、[2]羽ブサケテ射貫《いぬき》候者、実盛オボヘテダニモ七八十人モ候ラム。馬ハ早走ノ進退逸物《いちもつ》ナル、究竟ノ乗尻共乗《のり》オホセテ、馬ノ鼻ヲ並テカケ候。親モシネ、主モシネ、子モ死《しね》、従者モシネ、ソレヲ見アツカワムトスル事[3]ユメ〳〵候ワズ。只《ただ》死人ノ上ヲモ乗コヘテ、敵ニ取付《とりつかむ》トスル[4]フテ者ニテ候。何《いか》

1　「己」、虫損。
2　「羽ブサケテ」、北原・小川本『延慶本平家物語』は、「ケ」を「マ」の誤りとする。従うべきか。「羽ブサマデ」の意。
3　「ユ」、補入か。
4　「フテ者」、不敵な者。「敵者フテモノ」（文明本節用集）

ナル又郎等モ、一人シテ、ツヨキ馬四五疋ヅヽ、乗替《のりがへ》ニ持《もた》ヌ者候ワズ。京武者、西国ノ者共ハ、一人手負《おひ》候ヌレバ、ソレヲカキアツカワムトテ、七八人ハ引退《ひきしりぞ》ク。馬ハ[1]伯楽馬ノ乗出四五丁計《ばかり》コソ頭《かしら》持上候へ、下リツカレテ候ワムニ、東国ノ荒手ノ武者ニ一アテ〳〵ラレ候ナバ、争カ《いかで》面《おもて》ヲ向候ベキ。坂東武者十人、京武者一二百人向《むけ》ラレ候トモ、答ベシトモ覚候ワズ。就レ中ニ、源氏ノ勢ハ二十万余騎ト聞へ候。御方《みかた》ノ勢ハ纔《わづか》ニ三万余騎コソ候ラメ。同《おなじ》程ニ候ワムダニモ、ナヲ四分一ニテコソ候へ、彼等ハ国々ノ案内者共ニテ候、各《おのおの》ハ国ノ案内モ知候ワズ。追立ラレ候ナバ、ユヽシキ御大事ニテ候ベシ。京ヨリモサバカリ申候シ物ヲ。当時源氏ニ与力シタル人々ノ交名、粗《あらあら》承《うけたまはり》候ニ、敵対スベシトモ覚候ワズ。『忩《いそ》ギ御下《くだり》アリテ、武蔵、相模ヱ入ラセ給テ、両国ノ勢ヲ具《ぐし》テ、長井渡《ながゐのわたり》ニ陣ヲ取テ、敵ヲ待セ給へ』ト再三申候シヲキカセ給ワズシテ、兵衛佐ニ両国ノ勢ヲ取ラレ候ヌル上者《は》、今度ノ軍《いくさ》ハ難《かなひがたく》レ叶ゾ候ワムズラム。カク申候ヘバトテ、実盛落テ軍ヲセジト存ズルニテハ候ワズ。恐《おそれ》ナガラ、実盛バカリゾ軍ハ仕《つかまつり》候ワムズル。サレドモ右大臣殿ノ御恩重キ身ニテ候ヘバ、キト暇《いとま》ヲ給《たまはり》テ、今一度見参ニ入《いり》テ、忩ギ帰《かへりまゐり》参テ討死仕《つかまつる》ベシ」トテ、千騎ノ勢ヲ引分テ、京エ帰リ上《のぼり》ニケリ。

大将軍聞臆《ききおく》シテ、心弱《よはく》ワ被レ思ケレドモ、上ニハ、「実盛ガナキ所ニテハ軍ハセヌカ。イザ、ラバ、ヤガテ足柄山ヲ打越《うちこえ》テ、八个国ニテ軍ヲセム」ト、大将達ハハヤラレケルヲ、忠清申ケルハ、「八个国ノ兵、皆兵衛佐ニ従《したがふ》ヨシ聞ヘ候。伊豆、駿河ノ者共参《まゐる》ベキダニモ、未《いまだ》見候ワズ。御勢ハ三万余騎トハ申候ヘドモ、事ニ合《あひ》ヌベキ者二三百人ニハヨモ過候ワジ。無二左右一山ヲ打[2]越テハ、中々アシク候ベシ。只富士川ヲ前ニアテヽ防カセ給候ワムニ、叶ワズハ都ヘ帰上ラセ給テ、勢ヲ召テ、又コソ御下《くだり》候ワメ」ト申ケレバ、「大将軍ノ命ヲ背ク事ヤハ有《ある》」トイワレケレド、「ソレモ様《やう》ニヨル事ニテ候上《うへ》、福原ヲタヽセ給シ時、入道殿ノ仰《おほせ》ニ、合戦ノ次第ハ忠清ガ計《はからひまうす》申ニ随[3]ハセ給ベキヨシ、正《まさし》ク仰事《おほせごと》候キ。其《その》事キコシメサレ候ナム者ヲ」トテ、スヽマザリケレバ、一人

1 「伯楽馬ノ乗出」、長門本「博労むまの京出」
2 「打」、傍書補入。
3 「ハ」、補入か。

懸出《かけいづる》ニモ不レ及、手綱ヲユラヘ目ヲ見合《みあはせ》テ敵ヲ相待《あひまち》ケル程ニ、十月廿二日兵衛佐八个国ノ勢ヲ振《ふるひ》テ足柄ヲ越テ、木瀬川ニ陣ヲ取テ、兵数ヲ注《しる》[1]シケリ。侍、郎等、乗替相具《あひぐし》テ、馬ノ上十八万五千余騎トゾ注シケル。其上《そのうへ》甲斐源氏ニハ、一条次郎忠頼ヲ宗《むね》トシテ、二万余騎ニテ兵衛佐ニ加《くはは》ル。

平家ノ勢ハ富士ノ麓ニ引アガリ、平張《ひらばり》打テヤスミ居タリケルニ、兵衛佐使《つかひ》ヲ立《たて》テ被レ申ケルハ、「親ノ敵ト優曇花トニ合《あふ》事ハ、[2]惣テ難《ありがたき》レ有事ニテ候ニ、近ク御下《くだり》候ナルコソ悦《よろこびぞんじ》存候ヘ。明日ハ忩《いそぎ》見参ニ入ベシ」ト被二云送一タリ。使ハ雑色新先生ト云《いふ》者也。当色《たうじき》キセタル者八人具テ向《むかひ》テ、平家ノ人々ノ陣ニテ、次第ニ此由《このよし》ヲ触廻《ふれまはり》ケルニ、人々幔幕打上テ被レ居タリケレドモ、返事云《いふ》人モナシ。「此《この》御返事ハイカヾシ給ワムズラム」ト相待処《あひまつところ》ニ、返事ニ不レ及、彼《かの》使者ヲ搦テ一々ニ頸ヲ切テケリ。兵衛佐是《これ》ヲ聞テ、「昔モ今モ[3]牒ノ使《つかひの》首ヲ切事、未二聞及一《いまだききおよばず》。平家已《すで》ニ運尽《つき》ニケリ」ト宣ケレバ、軍兵、弥《いよいよ》兵衛佐ニ帰伏シタリケリ。

サルホドニ、兵衛佐ニハ、九郎義経、奥州ヨリ来《きたり》加《くはは》リケレバ、佐弥《いよいよ》力付テ、終夜《よもすがら》昔今ノ事共ヲ語テ、互ニ涙ヲ流ス。佐《すけ》宣ケルハ、「此《この》廿余年ガ間、名ヲバ聞《きき》ツレドモ、其貌《そのかほ》ヲ見申《まうさ》ザリツレバ、イカヾシテ見参スベキト思給ツルニ、最前ニ馳来《はせきたり》給ヘバ、故頭殿ノ生帰《いきかへり》給ヘルカト覚テ、タノモシク覚《おぼえ》候。彼《かの》項羽ハ沛公ヲ以テ秦ヲ滅ス事ヲ得タリキ。[4]今頼朝、次将ヲ得タリ。何ゾ平家ヲ誅伐シテ、亡父ガ本意ヲ遂ザルベキ」ト宣テ後、「抑《そもそも》此合戦ノ事ヲ聞テ、秀衡ハイカヾ申シヽ」ト被レ尋ケレバ、「ユヽシク感申《かんじまうし》候ゾ。新大納言已下《いげ》ノ近臣ヲ失《うしなひ》、三条宮、源三位入道ヲ誅《うた》レシ折節、殊ニハ『イカニ兵衛佐殿ハ聞給ワヌヤラム』ト度々《どど》申候キ。去《さんぬる》承安四年ノ春比《はるのころ》ヨリ都ヲ出テ奥州ヘ罷下テ候シニ、秀衡昔ノ好《よしみ》ヲ忘レズ、事ニフレテ憐ミ[5]ヲ至候《いたし》キ。カク参《まゐり》候ツルニモ、甲冑、弓箭、馬、鞍、郎従ニ至《いたる》マデ、併《しかしなが》ラ出《いだ》シ立ラレテ候。シカラズハ、争《いかでか》郎等一人ヲモ相具シ候ベキ。十余年ガ程、彼ガ許ニ候シ程ノ志、イカニシテ報ジ尽スベシトモ不レ覚候」トゾ、九郎義経申ケル。

1 注シルス（伊呂波字類抄、易林本節用集）
2 「惣テ」、長門本「きはめて」
3 「牒ノ使」、長門本「牒使の」
4 「タリ」、重ね書あり。
5 「ミ」、補入か。

廿四日、明日ハ両方矢合《やあはせ》ト定テ、日モ晩《くれ》ニケリ。平家ノ軍兵、源氏ノ方ヲ見遣《やり》タレバ[1]、篝火ノミユル事、野山ト云《いひ》、里村ト云、雲霞ハレタル空ノ星ノ如《ごとく》ナリ。東、南、北三方ハ敵方也、西一方計《ばかり》ゾ我方《わがかた》ノ勢ナリケル。源氏ノ軍兵、弓ノ絃打《つるうち》シ、鎧ヅキシ、ドヾメキ詈《ののし》リケル音ニ驚テ、富士ノ沼ニ群居ル水鳥ドモ、羽打カワシ、立居スル声ヲビタヽシカリケリ。是ヲ聞テ、「敵既ニヨセテ、時ヲ作《つくる》カ」ト思テ、「搦手廻ラヌ先ニ」ト、取物《とる》モ取アエズ、平家ノ軍兵、我先ニト迷落《まどひおち》ニケリ。鎧ハキタレドモ甲《かぶと》ヲバトラズ、矢ハ負タレドモ弓ヲトラズ。或ハ馬一疋ニ二三人ヅヽ取付《とりつき》テ、誰ガ馬ト云事モナク乗ラムトス。或ハツナギタル馬ニ乗テアヲリケレバ、クル〳〵ト廻《めぐ》[2]ル物モ有ケリ。カヤウニアワテサワギテ、一人モ不レ残、夜中ニ皆落ニケリ。

サテ夜漸《やうやう》暁方ニ成テ、源氏ノ方ヨリ廿万六千余騎、声[3]ヲ調《そろへ》テ時ヲ作《つくる》事三个度也。凡《およそ》東八个国ヒヾカシテ、山ノカセギ、河鱗《かはのいろくづ》ニ至《いたる》マデ、肝《きも》ヲケシ、心ヲ迷《まど》ワサズト[4]云事ナシ。ヲビタヽシナムド云モ愚ナリ。カヽリケレドモ、平家ノ方ニハ時ノ声ヲモ不レ合《あはせず》、ツヤ〳〵ヲトモセザリケレバ、アヤシミヲ成《なし》テ、人ヲ遣《つかはし》テ見セケレバ、屋形、大幕ヲモ不レ取、鎧、腹巻、大刀、刀、弓箭、小具足マデ、イクラト云事モナク捨置テ、人一人モミヘザリケリ。兵衛佐是《これ》ヲ聞テ、「此事頼朝ガ高名ニ非ズ。併《しかしながら》八幡大菩薩ノ御計《はからひ》也」トテ、王城ヲ伏拝給テ、表《ウハ》矢ヲヌイテゾ献《たてまつ》リ給ケル。「彼《か》ノ水鳥ノ中ニ、山鳩アマタ有ケル」ナムドゾ聞ヘシ。其比《そのころ》海道ノ遊女共ガ口遊ニ[5]、

富士川ノ瀬々ノ岩越ス波ヨリモ早クモ落ル伊勢平氏哉

1 「レ」、「リ」に重ね書。
2 「ル」、重ね書きあり。
3 「声ヲ調テ」、長門本「せいをとゝのへて」
4 「サ」、傍書補入。
5 「口遊ニ」、長門本「うたにつくりてわらひけるは」

廿八　平家ノ人々京ヘ上付事

十五日、東国ヘ下シ惟盛已下《いげ》ノ官兵共、今日旧都ヘ入ル。昼ハ人目ニ恥テ、夜陰《かくれ》[1]テゾ入ケル。三万余騎ヲ卒シテ下シ時ハ、「昔ヨリ是程ノ大勢、聞《きき》モシ、見モ及バズ。保元平治ノ兵革ノ時、源氏、平氏、我モ〳〵ト有シカドモ、是ガ十分ガ一[2]ダニモ及バザリキ。穴《あな》ヲビタヽシ。誰カ面《おもて》ヲ向《むかふ》ベキ。只今打靡《うちなびけ》テ

1 「夜陰テゾ」、長門本「夜にかくれてそ」。陰カクル（類聚名義抄）
2 「カ」、補入か。

ムズ」ト見ヘシ程ニ、矢一筋ヲモ射ズ、敵ノ貌《かほ》ヲモミズ、鳥ノ羽音ニ驚キ、「兵衛佐ノ勢多カルラム」ト聞臆《きき》シテ逃上タルゾ、無下《むげ》ニウタテキ。折節在京シタリケル関東ノ武士少々、惟盛ニ付テ下《くだり》タリケルガ、小山四郎朝政以下《いげ》、多ク源氏ノ方ヘ付《つき》ニケレバ、弥《いよいよ》勢カサナリニケリ。旧都ノ人々是ヲ聞テ申ケルハ、「昔ヨリ物ノ勝負ニハ、見逃《みにげ》ト云事云伝《いひつたへ》タリツレドモ、其《それ》ダニモウタテキニ、是ハ聞逃《ききにげ》ニコソアムナレ。手合《てあはせ》ノ討手ノ使、矢一《ひとつ》ヲモ射ズ逃上ル、穴《あな》イマ〳〵シ。向後《ゆくすゑ》モハカ〴〵シカルマジキゴサムメレ。一陣破ヌレバ、残党不[1]レ固」トテ、聞人《きく》弾指ヲゾシケル。

例[1]ノ、又何《いか》ナルアトナシ者ノシ態《わざ》ニヤ有ケム、平家ヲバ平屋ト読《よみ》、討手ノ大将ヲバ権亮ト云《いひ》、都ノ大将軍ハ宗盛トイヘバ、是等ヲ取合《とりあはせ》テ歌ニヨミタリケリ。

1　「不固」、長門本「またからず」

廿九　京中ニ落書スル事

平屋ナル宗盛イカニ騒《さわぐ》ラム柱トタノムスケヲ、トシテ
上総守忠清ガ富士川ニ鎧ヲ忘レタリケル事ヲ、

富士川ニ鎧ハ捨テツ墨染ノ衣只《ただ》キヨ後ノ世ノタメ

忠景ハニゲノ馬ニヤ乗ツラムカケヌニ落ル上総シリガヒ

忠清ガ本名ヲバ忠景ト云ケレバ、カクヨミタリケルニヤ。ゲニ鼠毛《にげ》[2]ノ馬ニヤ乗タリケム。当時奈良法師コソ、平家ニ讎《アタ》ヲ結タリシカバ、其《その》所行ニテヤ有ケム。

入道相国余《あまり》ニ口惜ガリテ、「権亮少将ヲバ鬼海島へ流《ながし》、忠清ヲバ頸ヲ切ム」トゾ宣ケル。忠清、「誠ニ身ノ咎難《のがれがたし》レ遁。イカニ陳ズトモ甲斐アラジ。イカヾセマシ」トタメライケルガ、折節《をりふし》主馬判官盛国以下《いげ》人ズクナニテ、加様《かやう》ノ沙汰共《ども》有ケル所へ、忠清ヲヅ〱伺ヒヨリテ申ケルハ、「忠清十八ノ歳《とし》ト覚《おぼえ》候。鳥羽殿ニ盗人ノ籠《こもり》テ候シヲ、寄《よる》者一人モ候ワザリシニ、築地ヨリ登越テ搦テ候シヨリ以来《このかた》、保元平治ノ合戦ヲ初トシテ、大小事ニ一度モ君ヲ離レマイラセ候ワズ。又不覚ヲ現ジタル事モ候ワズ。今度東国へ初テ罷下テ、カヽル不覚ヲ

1 ここには章段を示す数字は書きこまれていない。
2 鼠毛馬ニケノムマ（類聚名義抄）

廿九　京中ニ落書スル事

仕ル事、直事《ただこと》トハ覚候ワズ。能々《よくよく》御祈有ベシト覚候」ト申ケレバ、入道相国、ゲニモトヤ思召サレケム、物モ宣ワズ。忠清勘当ニ不レ及ケリ。

卅　平家三井寺ヲ焼払事

去五月高倉宮ヲ奉二扶持《ふちしたてまつる》一事ニヨリテ、「三井寺責ラルベシ」ト沙汰有ケレバ、大衆発《おこり》テ、大津ノ南、北ノ浦ニカヒダテヲカキ、矢倉ヲカキテ防クベキ由結構ス。

十一月十七日[1]、頭中将重衡朝臣ヲ大将軍トシテ、一千余騎ノ軍兵ヲ卒《そつし》テ三井寺ヘ発向ス。衆徒防《ふせき》戦《たたかふ》ト云《いへ》ドモ、何事カ可レ有、三百余人討レニケリ。残《のこる》所ノ大衆コラヘズシテ落ニケリ。或引二耆老一ヲ昇二高峯一ニ、或ハ是幼稚ニシテ入二深谷一ニ[2]。カヽリケレバ、重衡朝臣寺中ニ打入テ、次第ニ是ヲ焼払《やきはらふ》。南、北、中ノ三院ノ内、所レ焼ノ堂舎、塔、廟、神社、仏閣、本覚院、鶏足坊、常喜院、真如院、桂園院[3]、尊皇王堂[4]、普賢堂、青龍院、大宝院、今熊野宝殿、同拝殿等、護法善神ノ社壇、教待《タイ》[5]和尚本坊同御殿影像同本尊等、鐘楼七宇、二階大門在金剛力士、八間四面大講堂、三重宝塔一基、阿弥陀堂、同宝蔵、山王宝殿、四足一宇、[6]四面廻廊、五輪院、十二間大坊、三院、各別灌頂堂各一宇、但《ただし》金堂計《ばかり》ハ焼ザリケリ。其外《そのほか》僧房六百余宇、在家千五百余家、地ヲ払《はらひをはんぬ》畢。仏像二千余体、顕密両宗ノ章疏、大師ノ渡シ給ヘル唐本一切経七千余巻、忽ニ灰燼トナリヌ。又焼死《やけしぬる》所ノ雑人、既ニ千人ニ及《およぶ》トゾ聞ヘシ。凡《およそ》顕密須臾ニ滅テ、伽藍実ニ跡ナシ。三宝ノ道場モナケレバ、振鈴ノ音モ不レ聞《きこえず》。一花ノ仏前モナケレバ、閼伽ノ声モ絶タリ。宿老有智ノ明匠モ修学ヲ怠《おこ》タリ、受法相承《シヤウセウ》ノ弟子モ経教《キヤウゲウ》[7]ニ別レタリ。

此寺ト申ハ、元ハ近江ノギ[8]大領ト申者ノ私ノ寺タリシヲ、天武天皇ニ奉二寄進一之以降《このかた》、御願ト号ス。専ラ学《ビ》二南岳天台之古風一ヲ、深ク翫《ブ》二青龍玄法之教跡一ヲ。数百歳之智水、此ノ時ニ永ク渇キ、大小乗之法輪、此ノ時ニ忽ニ止ヌ。仏法之結句、人法ノ最後ナリ。遠近皆傷嗟《チヤウシヤす》[9]、況ヤ於二寺門之住侶一ニ乎。老少挙《こぞり》[10]テ憂悲ス、況ヤ於二有情之諸人一ニ乎。本仏ト申《まうす》ハ、彼天皇《かのてんわうの》御本尊ナリシヲ、生身《しやうじん》ノ

1 「十一月十七日」、覚一本「五月二十七日」、盛衰記「十一月十二日」。
2 「幼」、底本「幻」を訂した。
3 「桂」、底本「徃」を訂した。長門本「桂園院」
4 「尊皇王堂」、長門本「尊皇院、王堂」、盛衰記「尊星王堂」
5 「待」、「特」に重ね書。
6 「宇」の下に底本○印を打っている。脱を補うつもりか。長門本・盛衰記も同文。「四足」は四足門の意。
7 「教」に濁符。
8 「キ」、補入。「大」に濁符。
9 「傷」、ルビ底本のまま。「シヤウ」とあるべき。
10 挙コソル（類聚名義抄）

弥勒如来ト聞ヘ給シ教待[1]和尚ノ、百六十二年ノ間、昼夜朝夕不レ懈《おこた》ラ行《おこなひ》テ、智証大師ニ付属シ給タリケル弥勒トゾ聞ヘシ。都史《トシ》[2]多天上摩尼宝殿ヨリ天降《アマクダリ》坐《ましまし》テ、遙ニ龍花下生ノ朝ヲ待給《まちたまふ》ト聞ツルニ、コハイカニナリヌルヤラム、当寺ノ恵命《ゑみやう》モ既ニ尽ハテヌルニヤトゾ見ヘシ。天智、天武、持統三代ノ御門《みかど》ノ御鵜《ウ》[3]ノ羽葺《フキの》湯ノ水ヲ汲タリケル故ニ、三井寺ト号《なづけ》[4]タリ。又ハ大師此所ヲ伝法灌頂ノ霊跡トシテ、井花水ノ水ヲ汲《くむ》事、慈尊三会ノ朝ヲ待故《まつゆゑ》ニ、三井寺トモ申ケリ。カク止事《やんごと》ナキ聖跡ナレドモ、事トモ云ワズ、弓箭ヲ入《いれ》ヌル事コソ悲ケレ。

1　「待」に濁符。
2　「史」、底本「吏」とあるを訂した。
3　「御鵜ノ羽葺湯ノ水」、盛衰記「御産湯ノ水」
4　号ナヅク（類聚名義抄）

卅一　円恵法親王天王寺ノ寺務被止事

廿一日[1]、園城寺ノ円恵法親王、天王寺別当被レ止給。彼《か》ノ宮ト申者《まうすは》、後白川院御子也。院宣《ゐんぜんにいはく》云、

園城寺ノ悪徒等、違背シテ二朝家ヲ一、忽ニ企ツ二謀叛ヲ一。仍[2]ニ門徒ノ僧綱已下、皆悉ク停二止シテ公請ヲ一、

解二却《キヤクシ》見任幷嵯徳《ソウヲ》[3]一、兼《ハ》又末寺庄園及《ビ》彼寺《ノ》僧等《ガ》私領、仰《テ》二諸国《ノ》宰吏《シニ》[4]一、早《ク》令《ム》二収公《セ》一。但《シ》於二有《リ》レ限寺用《ニ》一者、為二国司之沙汰《ト》一。付《テ》二寺家《ノ》所司《ニ》一、任《テ》二其《ノ》用途《ニ》一、莫《レ》レ令《ルコト》三退二転《セ》恒例《ノ》仏事《ヲ》一。無品円恵法親王、宜《ベシク》レ令三停《セ》二止所《ノ》レ帯天王寺検校職《ヲ》一。

園城寺の悪徒等、朝家を違背して、忽に謀叛を企つ。仍ち門徒の僧綱已下《いげ》、皆悉く公請を停止して、見任幷びに嵯徳を解却し、兼ては又、末寺庄園及び彼《か》の寺の僧等が私領、諸国の宰吏に仰せて、早く収公せしむ。但し限り有る寺用に於ては、国司の沙汰と為せ。寺家の所司に付けて、其の用途に任せて、恒例の仏事を退転せしむることなかれ。無品円恵法親王、宜《よろ》しく帯ぶる所の天王寺の検校職を停止せしむべし。

トゾ被レ書《かかれ》タリケル。

1 「廿一日」、盛衰記六月二十一日。年表参照。
2 「ニ」、底本のまま。仍スナハチ（類聚名義抄）。「ニ」は「チ」の誤りか。
3 「嵯徳」、長門本なし。盛衰記「綱徳」。『玉葉』「綱位」。
4 「シ」、底本のまま。

卅二　園城寺ノ衆徒僧綱等被解官事

悪僧ニハ、僧正房覚、権僧正覚智、法印権大僧都定恵、能慶、実慶、行乗、権少僧都真円、豪禅、兼智、良智、顕舜、権律師道顕、慶智、覚増、勝成、行智、行舜、已上十七人、見任解却。次《つぎに》法印公性、行暁、慶実、法眼真勝、道澄、経尊、道俊、弁宗、勝慶、乗智、実印、偏円、漂猷、観忠、法橋良俊、忠祐、良覚、前大僧正覚讃、前権僧正公顕、前権少僧都道任、已上廿人准レ上。次《つぎに》二会講師円全、章猷、澄兼、公胤、已上四人停二止公請一。

殊ニ僧綱十三人、公請ヲ被レ止、官ヲ召シ、所領ヲ没官シテ、同ク

卅三　園城寺ノ悪僧等ヲ水火ノ責ニ及事

使庁[1]ノ使ヲ付テ、水火[2]ノ責テ、明俊已下ノ悪僧ヲ被《めさる》レ召。

一乗院ノ房覚少将僧正ヲバ[3]　飛騨判官景高朝臣　奉《うけたまは》ル、

桂園院実慶常陸法印ヲバ　上総判官忠綱朝臣奉ル、

[4]行乗中納言法印ヲバ　博士判官章《ノリ》貞奉ル、
能慶真如院法印ヲバ　和泉判官仲頼奉ル、
真円亮《すけの》僧都ヲバ　源大夫判官奉ル、
覚智美乃《みのの》僧都ヲバ　摂津判官盛澄奉ル、
勝慶蔵人法橋ヲバ　祇園博士基康奉ル、
公顕宰相僧正ヲバ　出羽判官光長奉ル、
覚讃大納言僧正ヲバ　斎藤判官友実奉ル、
乗智明王院僧正ヲバ　新志《さくわん》明基奉ル、
実印右大臣法眼ヲバ　仁府生経広奉ル、
観忠中納言法眼ヲバ　能府生兼康　奉《うけたまはる》、
行暁大蔵卿法印ヲモ　同兼康奉ル、
トゾ聞ヘシ。

1　底本はここ（行頭）から卅三とするが、いかが。
2　「ノ責テ」、底本のまま。長門本「のせめに及て」。
3　「ハ」、虫損。
4　ここから「聞ヘシ」まで、底本は二段書きとする。

卌四　郡綱卿内裏造テ主上ヲ奉渡事

十一月廿二日、五条大納言郡[1]綱卿、内裏造出《つくりいだ》シテ、主上渡ラセ給《たまふ》。此《この》大納言ハ大福長者ナリケル上ニ、世ノ大事スル人ニテ、ホドナクキラ〳〵シク造出《つくりいで》テ目出《めでた》カリケリ。但シ遷幸ノ儀式ヲバ、世ノ常ナラズゾ聞ヘシ。内裏ノ前ニ札ニ書テ立タリケリ。

思《おもひ》キヤ花ノ都ヲ散《ちり》シヨリ風フクハ[2]ワモアヤウカリケリ

1　郡クニ（類聚名義抄）
2　「ワ」、底本のまま。「ラ」とあるべき。

卌五　大嘗会延引事
付五節ノ由来事

「今年大嘗会行ワルベキカ」ト云《いふ》儀定有ケレドモ、其《その》沙汰ナシ。大嘗会ハ十月ノ末ニ、東河ニ御幸シテ御禊《ケヒ》アリ。大内[1]ノ北[2]ノ野ニ、斎壇所ヲ立《たて》テ、神服神供《ク》ヲ調《ととの》フ。大極殿ノ前ノ龍尾《レウビ》堂ノ壇上ニ、廻[3]廊、立殿ヲ立テ、御湯ヲメス。同壇ニ大嘗宮神膳ヲ備フ。清暑堂ニシテ神宴アリ、御遊アリ。大極殿ニテ大礼行ワル。豊楽院ニテ宴会アリ。而ニ此《こ》ノ里内裏ノ体《てい》、大極殿モナケレバ、大礼行《おこなふ》ベキ所モナシ。豊楽院モナケレバ、宴会モ不レ可レ行。礼儀行ワルベキ所、ツヤ〳〵ナカリケレバ、新嘗会ニテ、五節計《ばかり》行ワル。新嘗会祭ヲバ、猶《なほ》古京神祇官ニテ之ヲ被レ行《おこなはる》。

五節ト申《まうす》ハ、昔《むかし》清見原ノ御門《みかど》、吉野宮ニテ、御心ヲスマシテ琴ヲ弾《ひか》セ給シカバ、神女天ヨリ天降《あまくだり》テ、

　ヲトメゴガヲトメサビスモ唐玉《から》ヲヲトメサビスモ其ノ唐玉ヲ

ト、五声ヲ嫗《ウタイ》[4]給テ、五度袖ヲ飜《ひるがへ》ス。是ヲ五節ノ初トス。

旧都ハ、山門、南都程近《ちかく》テ、トモスレバ、大衆日吉ノ神輿ヲ振奉テ下落[5]シ、神人春日ノ神木ヲ捧奉リテ上落[5]ス。加様《かやう》ノ事モウルサシ。新都ハ、山重《かさな》リ江重テ道遠ク、程隔タレバ輒《たやす》カラジトテ、遷都ト云《いふ》事ハ、大政入道計ラヒ出サレタリケレドモ、諸寺諸山ノ訴《うつたへ》、貴賤上下ノ歎ナリケルニ依テ[6]、

1 「内」、丁末丁頭に重複。衍字と見て削除した。
2 「ノ」、傍書補入。
3 「廻廊、立殿」、長門本「廻立殿」。従うべきか。
4 「嫗」、底本のまま。「謳」とあるべきか。謳ウタフ（類聚名義抄）
5 「落」、「洛」の当字。
6 「依テ」、底本、ここで途中で改行している。長門本「なけくなるうへ」

卌六　山門衆徒為都帰ノ奏状ヲ捧事
付都帰有事

山門ノ衆徒、三个度マデ奏状ヲ捧テ、天聴ヲ驚シ奉ル。第三度ノ奏状ニ云《いはく》、

延暦寺衆徒等、誠惶誠恐謹言

請下被レ特蒙二天恩一停中止遷都上子細状

右謹検二案内一[1]、釈尊以二遺教一付二属国王一者、仏法王法互ニ護持ノ故也。就レ中延暦年中ニ、桓武天皇、伝教大師深ク結二契約一[2]、聖主ハ則シテ興二此都一、親リ崇メ二一乗円宗一、大師ハ又開テ二当山一、遠ク備フ二百王ノ御願一。其後、歳及マデ二四百廻一、仏日久ク耀キ二四明之峯一、世過テ二三十代一、天朝各ノ保フ二十善之徳一。上代ノ宮城無キ二[3]如レ此ナルハ者一歟[4]。蓋シ山路占レ隣、彼是相助ルガ[5]故也。而今朝議忽ニ変ジテ、俄ニ有二遷幸一。是惣ジテハ四海之愁ヘ、別ハ一山之歎也。

先山僧等、峯ノ嵐雖レ閑ナリト、恃ンデ二花落一[6]以テ送レ日、谷ノ雪雖レ烈シト、瞻テ[7]二王城一以テ継レ夜。若シ洛陽隔テ二遠路一、往還不レ容二易カラ一者、豈ニ不下辞テ二故山之月一、交ラ中辺鄙之雲上哉。

是一。

門徒ノ上綱等、各ノ従ヒ二公請一、遠ク抛テ二旧居一之後チ、徳音難レ通ジ、恩言易レ絶ヘ之時、一

門小学等、寧留二山門《ニ》一哉。是二。
住山者之為レ体、遙《ニヘダツル》二玄故郷《ヲ》一之輩、語《テ》二帝京《ヲ》一而蒙《リ》二撫育《ヲ》一、家在《ヘル》二王都《ニ》一之類《ハ》、
以二近隣《ヲ》一而為二便宜《ト》一。麓若《トシ》変《ゼ》二荒野《ト》一者、峯《ニ》豈《ニ》留《メム》二人跡《ヲ》一乎。悲哉、数百歳之法燈、
今《コノ》時《ニ》忽《ニ》消、千万輩之禅侶、此《ノ》世《ニ》将《ニ》レ滅《ナムト》。是三。
但《シ》当寺者鎮護国家之道場、特《ニ》為《リ》二一天之固《メ》一。霊験殊勝之伽藍、又秀《タリ》二万山之中《ニ》一[8]。
所《ノ》之魔滅何《ゾ》必《ズシモ》衆徒之愁歎矣《ノミナラム》。法之滅亡豈非《ニ》[9]二朝家之大事《ニ》一哉。是四イ。
況七社権現之宝前《ハ》是《レ》万人拝観之霊場也。若《シ》王宮遠《クシテ》社壇不レ近者、瑞籬[10]三月《ノ》前《ニ》
鳳輦勿《ガタク》レ臨《ミ》、叢祠《シ》之露《ノ》下鳩集《シウ》永《ク》絶《ム》。若《シ》参詣是踈《カニ》礼奠《テツ》[11]違レ例《ニ》者、非三只無《ノミニ》二冥応一、
恐《ハ》又残《玉ンカ》[12]二神恨《ヲ》一歟。是五イ。
凡当《コノ》都《コヲバ》者是輒《ク》不レ可レ棄[13]之勝地也。昔聖《シ》徳太子記文云、所《ニ》有二王気一イ[14]、必建《ム》二
希[15]城《ヲ》一ト云々イ。太聖遠《ク》鑑《玉フ》、誰忽《カ》二緒《セム》之《ヲ》一。況《ヤ》青龍白虎悉備《クテ》、朱雀玄武忽《ニ》円《ナリ》[16]。
天然《トシテ》吉処《ナリ》。不レ可レ不レ執《セ》。是六イ。
彼月氏《ノ》霊山則《ハ》攀《ヨツ》[17]二王城《ノ》東北《ニ》一、大聖之遊堀《ナリ》。日域《ノ》[18]叡岳《ニハ》又峙《ソバタツ》二帝都《ノ》丑寅《ニ》一、護

1 北原・小川本「内イ」は異本注記とする。以下、「是四イ」、「是五イ」、「是六イ」、「是七イ」、「是八イ」、「是九イ」、「是十イ」にもある。
2 「約イ」、異本注記が本文中に紛れ込んだか。
3 「無キ」、左に「シ」と送仮名。
4 「歟」、右に「矣イ」と傍書。
5 相タガヒニ（類聚名義抄）
6 「落」、「洛」の当字。
7 瞻マシロク、マモル（伊呂波字類抄）
8 「之」、右に「豈」と傍書。
9 「豈」、右に「淪イ」と傍書。
10 「三」、「之」とあるべきか。
11 「テツ」のルビ、底本のまま。「テン」とあるべきか。
12 「玉ンカ」、底本「王ンカ」を訂した。
13 「棄」、底本「奇」を訂した。
14 以下、「王気イ」、「云々イ」など異文表記があるが、未審。
15 「希」、「帝」とあるべきか。
16 「円」の右に、「無歟」と傍書。
17 「攀」の右に、「是イ」と傍書。
18 「域」、底本「城」を訂した。

国之勝地《ナリ》。既《ニ》同《クシテ》二天竺一之勝境《ニ》、久《ク》払《フ》二鬼門之凶害《ヲ》一。地形《ノ》奇特、豈《ニ》不レ惜《マ》哉。

是七ィ。

賀茂、八幡、春日、平野、大原野、松尾、稲荷、祇園、北野、鞍馬、清水、広隆《ウツマサ》、仁和寺、如レ此神社仏事[1]、大聖垂《レ》レ跡《ヲ》、権者占《シメ》レ地《ヲ》、建《テ》二護国護山之崇廟《ヲ》[2]一、安《ズ》二勝敵勝軍之霊像《ヲ》一。遶《メグテ》二王城《ノ》八方《ヲ》一利《ス》二洛中《ノ》万人《ヲ》一。貴賤帰敬之往来為レ市《ヲ》、仏神利生之感応如《シ》レ此。何《ゾ》避《テ》二霊像之砌《ヲ》一忽《ニヲモムカム》赴二無仏之境《ニ》一哉。設《ヒ》新《ニ》建《テ》二精舎《ヲ》一、縦《ヒ》更《ニ》請《トモ》二神明《ヲ》一、世及《ビ》二濁乱《ニ》一、人非《ニ》二権化《ニ》一。大聖感降[3]、不《ジ》[4]二必《シモ》有《アラ》一之歟。是八ィ。

此等霊場之中《ノ》、或有《ハ》下多年奉仕《シテ》蒙《リ》二掲焉利益《ノ》《ヲ》一、日夕運《ニテ》レ歩緇素愛惜之所《ロ》上、或有《リ》下諸家氏寺修《シ》二不退勤行《ノ》一、子胤相続《テ》自《ラ》興二隆《スル》仏法《ヲ》一之所上也。而愁《ニ》従《テ》二公務《ニ》一乍レ愁《ヘ》捨《テ、ル》去。豈非《ニ》下抑《ヘ》二人之善《ヲ》一、止《ヲ》中聖之応[5]上乎。是九ィ。

諸寺衆徒《ノ》各《おのおの》従《フ》二公請《ニ》一之時、朝《ニハ》参《テ》二蓬壺《ニ》一、暮《ニハ》帰《ス》二練若《ニ》一。宮城遠移《クラバ》往還云何《イカン》。

若捨《テ》二本寺《ヲ》一、若背《シバ》二王命《ヲ》一、左右《トサマカウサマニ》[6]有レ怖《レ》、進退惟谷《レリ》。是十ィ。

憶《フニ》レ昔《ヲ》、国豊《カニ》民厚《クシテ》、興《スル》レ都《ヲ》無レ傷《イタミ》。今国乏《ハ》民窮《クマテ》、遷移有《イニ》レ煩。是以、或有《ハ》下

忽《ニ》別《レテ》二親属《ヲ》一、企《テ》二旅宿《ヲ》一者《ノ》上。或《ハ》有《リ》下纔《ニ》破《レドモ》二私宅《ヲ》一、不レ堪《ヘ》二運載《ニ》一者《ノ》上。悲歎之声已《ニ》動《ス》二天地《ヲ》一。仁恩之至《リ》、豈《ニ》不レ顧レ之《ヲ》乎。若《シ》尚有二遷都一者、政背[7]《シテ》二清浄《ニ》一、道違《ハム》二天心《ニ》一。是十一。

七道諸国之調貢[8]、万物運上之便宜、西河《ニアテ》東津《ニアリ》、便無レ煩。若《シ》移《ラバ》二余所《ニ》一、定《テ》有二後悔[9]一歟。是十二。

又大将軍在《リ》レ西《ニ》、方角既《ニ》塞《ガル》。何《ゾ》背《テ》二陰陽《ヲ》一、忽《ニ》違《ヘム》二東西《ヲ》一。山門《ノ》禅徒等専《ラ》思《フ》二玉体安穏《ヲ》一、愚意《ノ》所レ及争不レ鳴[10]二諫《カム》鼓《ヲ》一。是十三。

但《シ》俄《ニ》有《ル》二遷都一、依《ルソ》二何事《ニ》一乎。若《シ》由《テ》[11]二凶徒《ノ》乱逆《ニ》一者、兵革既《ニ》静《ナリ》、朝廷何《カム》動。若《シ》因《テ》[12]二鬼物《ノ》怪異《ニ》一者、可下帰《シテ》二三宝《ニ》一、以《テ》謝《ス》中天災《ヲ》上。可下撫《シテ》二万民《ヲ》一、以資《タスケ》[13]中皇徳《ヲ》上。何《ゾ》動《シテ》二本宮《ヲ》一、態《ト》避《リ》二仏神囲繞[14]之砌《ヲ》一、剰《ヘ》企《テ》二遠行《ヲ》一、還《テ》犯《セム》[15]二人民悩乱之咎《ヲ》一。是十四。

抑退《ケ》二国之怨敵《ヲ》一、払《コト》二朝之夭厄《ヲ》一、従レ昔以来、偏《ニ》山門《ノ》営也。或《ハ》大師祖師《ノ》誓二護《シ》百皇《ヲ》一、或《ハ》伊王山王《ノ》擁二護《ス》一天《ヲ》一。或《ハ》恵亮摧レ脳《ヲ》、或《ハ》尊意振レ剣《ヲ》、凡《ソ》捨レ身《ヲ》事《仕ルコト》レ君《ニ》無レ如《ハ》二我山《ニ》一。古今勝験載《テ》在二人口《ニ》一。今何《ゾ》有《テ》二遷都《ヲ》一、欲レ滅[16]《玉ハムト》二此処《ノヲ》一哉。是十五。

1 「事」、「寺」の当字か。
2 「山」の右に、「王イ」と傍書。
3 「感」に声点⑤、「降」に声点⑦
4 「ジ」、底本のまま。
5 「応」の左下、墨滅か。返点は判読できない。
6 「左右有」、底本のルビは「左《トサマ》右《カウサマ》有《ニ》」となっているが、訂した。
7 「シテ」、底本のまま。「キテ」とあるべきか。北原本「はいシテ」と訓む。
8 「貢」に声点⑧
9 「後」に声点①
10 「鳴」の右に、「迷イ」と傍書。
11 「テ」、底本のまま。「ラ」とあるべきか。
12 「テ」、底本のまま。「ラ」とあるべきか。
13 「タスケ」、底本のまま。
14 「繞」、「遶」にミセケチ、「繞」と傍書。
15 「セ」、底本のまま。「サ」か。
16 「玉ハムト」、底本「王ハムト」を訂した。

況堯雲舜日之耀《キ》二一朝《ニ》一、天枝帝葉之伝《ハル》二万代《ニ》一、即是　九条右丞相《ノ》之願力也。豈《ニ》非二慈恵大僧正之加持《ニ》一乎。度々明詔《ニ》云、「朕是《ハ》[1]九条右丞相之末葉也。何不レ可[2]レ背二慈覚大師之門跡《ニ》一」云々。今云何《イカンソ》忘《テ》二前蹤《ヲ》一不レ顧二本山滅亡《ヲ》一耶。山僧之訴詔雖レ不二必《シモ》当《ラ》一レ理《ニ》、只以《テ》二所功労《ノヲ》一、久蒙《クリ》二裁許《ヲ》一来《レリ》矣。況《ヤ》於二鬱望《ニ》一者。非二独《リ》衆徒之愁《ヘノミニ》一、且奉《ハ》二為聖朝一、兼又為二兆民《ノ》一哉。是十六。

加之、於二今度事《ノニ》一、殊抽《ニツ》二愚忠《ヲ》一。一門《ノ》園城雖[3]二相招《ケト》一、仰従《テフ》二勅宣《ニ》一、万人之誹謗雖レ充《ツト》二閭巷《リヨカフニ》一、伏祈《テ》二御願《ヲ》一。何固《ク》尽二勤労《ヲ》一還欲《テ》レ滅二此処《ヲ》一。運《ビ》レ功蒙《ヲル》レ罰《ヲ》、豈可《ニ》レ然哉《ル》。者《レバ》、縦《ヒ》無《ノ》二別天感一、只欲レ蒙《ムトノ》二此裁許《ヲ》一耳《ミ》。当山之存亡、只在《ノ》二此左右《ニ》一之故也。是十七[4]。

望請、天恩再廻《ビテ》二叡慮《ヲ》一、被レ止《メ》二件《ノ》遷都《ヲ》一者、三千人《ノ》衆徒等胸[5]《キヨウ》火忽滅《ニヘ》、百千万《ノ》衆徒鬱水弥《ヨ》久《シカラム》。衆徒等不レ耐二悲歎之至《ニ》一。誠惶誠恐謹言。

治承四年七月[6]　日　　大衆法師等

延暦寺衆徒等、誠に惶《かしこ》み誠に恐れ謹みて言《まう》す

特に天恩を蒙り遷都を停止せられむことを請ふ子細の状

右謹んで案内を検するに、釈尊遺教を以て国王に付属することは、仏法王法互ひに護持するの故なり。就中《なかんづく》延暦年中に、桓武天皇、伝教大師深く契りを結びて、聖主は則ち此の都を興《おこ》して、親《まのあた》り一乗円宗を崇《あが》め、大師は又当山を開きて、遠く百王の御願を備ふ。その後、歳四百廻に及ぶまで、仏日久しく四明の峯に耀き、世三十代を過ぎて、天朝各《おのおの》十善の徳を保ちたまふ。上代の宮城かくの如くなるは無きか。蓋《けだ》し山路隣を占め、彼是相《かれこれたが》ひに助くるが故なり。而るに今、朝議忽に変じて俄かに遷幸有り。これ惣じては四海の愁へ、別しては一山の歎きなり。

先づ山僧等、峯の嵐閑かなりと雖も、花洛を恃《たの》んで以て日を送り、谷の雪烈《はげ》しと雖も、王城を瞻《まも》って以て夜を継ぐ。若し洛陽遠路を隔て、往還容易《たやす》からざれば、あに故山の月を辞して、辺鄙の雲に交らざらむや。是一なり。

門徒の上綱等、各《おのおの》公請に従ひ、遠く旧居を抛《なげう》って後、徳音通じ難く、恩言絶え

1 「朕」に声点①
2 「不」、衍か。
3 「相」、右に「頬ニイ」と傍書。
4 「十七」、行末に補入か。
5 ルビ、底本のまま。「ヰ」は「キ」の誤りか。「火」にかけて振る。
6 「七」、右に「六イ」と傍書。長門本「六月」、盛衰記「十一月」。

易き時、一門の小学等、寧《いづくん》ぞ山門に留らむや。是二なり。

住山の者の為体《ていたらく》、遙かに故郷を玄《へだ》つる輩、帝京を語りて撫育を蒙り、家《いへ》王都に在る類は、近隣を以て便宜と為す。麓もし荒野と変ぜば、峯にあに人跡を留めむや。悲しきかな、数百歳の法燈、この時に忽ちに消え、千万輩の禅侶、此の世に将に滅びなむとす。是三なり。

但し当寺は鎮護国家の道場、特に一天の固めたり。霊験殊勝の伽藍、又万山の中に秀でたり。所の魔滅、何ぞ必ずしも衆徒の愁歎のみならむや。法の滅亡あに朝家の大事に非ざらむや。是四なり。

況むや、七社権現の宝前は是万人拝観の霊場なり。もし王宮遠くして社壇近からざれば、瑞籬の月の前に鳳輦臨み勿《がた》く、叢祠の露の下に鳩集永く絶えむ。もし参詣是踈《おろそ》かに、礼奠例に違はば、只冥応無きのみに非ず、恐らくは又神恨を残したまはむか。是五なり。

凡《およ》そこの都をばこれ輒《たやす》く棄つべからざる勝地なり。昔聖徳太子の記文に云はく、

「所に王気有り、必ず帝城を建てむ」と云々。太聖遠く鑑みたまふ、誰かこれを忽緒せむ。況むや青龍、白虎悉く備はつて、朱雀、玄武忽ちに円《まど》[1]かなり。天然として吉き処なり。執せざるべからず。是六なり。

かの月氏の霊山は則ち王城の東北に攀《よ》づ、大聖の遊堀なり。日域の叡岳には又帝都の丑寅に峙《そばた》つ、護国の勝地なり。既に天竺の勝境に同じくして、久しく鬼門の凶害を払ふ。地形の奇特、あに惜しまざらむや。是七なり。

賀茂、八幡、春日、平野、大原野、松尾、稲荷、祇園、北野、鞍馬、清水、広隆、仁和寺、かくのごとき神社仏寺、大聖跡を垂れ、権者地を占め、護国護山の崇廟を建て、勝敵勝軍の霊像を安んず。王城の八方を遶《めぐ》つて洛中の万人を利す。貴賤帰敬の往来市を為し、仏神利生の感応かくのごとし。何ぞ霊像の砌を避[2]つて忽ちに無仏の境に赴かむや。設《たと》[3]ひ新たに精舎を建て、縦《たと》ひ更に神明を請ふとも、世濁乱に及び、人権化《ごんげ》に非ず。大聖の感降、必ずしもこれ有らざらむか。是八なり。

此等の霊場の中に、或いは多年奉仕して掲焉《けちえん》の利益を蒙り、日夕に歩を運んで緇

1　円マドカナリ（類聚名義抄）
2　避サル（類聚名義抄）
3　設タトヒ（類聚名義抄）

素愛惜の所有り、或いは諸家の氏寺の不退の勤行を修し、子胤相続して自《おのづか》ら仏法を興隆する所有り。而るに 慭《なまじひ》に公務に従ひて愁へながら捨てて去る。あに人の善を抑へ聖の応を止むるに非ざらむや。是九なり。

諸寺の衆徒 各《おのおの》公請に従ふ時、朝には蓬壺に参じて、暮《ゆふべ》[1]には練若に帰す。宮城遠く移らば往還云何《いかん》。もし本寺を捨て、もし王命を背かば、左右《とさまかうさま》に怖れ有り、進退惟《こ》れ谷《きは》まれり。是十なり。

昔を憶《おも》ふに、国豊かに民厚くして、都を興する傷《いた》み無し。今は国乏しく民窮まって、遷移に煩《わづら》ひ有り。ここを以て、或いは忽に親属を別れて旅宿を企つる者有り。或いは纔《わづ》かに私宅を破れども運載に堪へざる者有り。悲歎の声已《すで》に天地を動かす。仁恩の至り、あにこれを顧みざらむや。もし尚《なほ》遷都有らば、政《まつりごと》清浄に背きて、道天心に違はむ。是十一なり。

七道諸国の調貢、万物運上の便宜、西に河あつて東に津あり、便りに煩ひ無し。若し余所に移らば、定めて後悔有らむか。是十二なり。

又大将軍酉に在り、方角既に塞がる。何ぞ陰陽を背きて、忽ちに東西を違へむ。山門の禅徒等専ら玉体の安穏を思ふ、愚意の及ぶ所争《いかで》か諫鼓を鳴らさざらむ。是十三なり。

但し俄かに遷都有る、何事に依るぞや。もし凶徒の乱逆に由らば、兵革既に静かなり、朝廷何ぞ動かむ。もし鬼物の怪異に因らば、三宝に帰して、以て天災を謝すべし。万民を撫して、以て皇徳を資けべし。何ぞ本宮を動かして、態《わざ》と仏神囲繞の砌を避《さ》り、剰《あまつさ》へ遠行を企て、還りて人民悩乱の咎を犯さむ。是十四なり。

そもそも国の怨敵を退け、朝の夭厄を払ふこと、昔より以来、偏へに山門の営みなり。或いは大師祖師の百皇を誓護し、或いは伊王山王の一天を擁護す。或いは恵亮脳《なづき》を摧《くだ》き、或いは尊意剣を振ひ、凡《およ》そ身を捨てて君に事《つか》ふること[2]我山に如《し》くは無し。古今の勝験載せて人口に在り。今何ぞ遷都有りて、この処を滅ぼしたまはむとするや。是十五なり。

況むや、堯雲舜日の一朝に耀き、天枝帝葉の万代に伝はる、即ち是《これ》九条の右丞相

1　暮ユフへ（類聚名義抄）
2　事ツカフ（類聚名義抄）。あるいは底本「事へ仕ルコト」と訓ませるか。長門本「事レ君」によった。

の願力なり。あに慈恵大僧正の加持に非ずや。度々の明詔に云はく、「朕は是九条右丞相の末葉なり。何ぞ慈覚大師の門跡に背くべき」と云々。今云何《いかん》ぞ前蹤を忘れて本山の滅亡を顧みざらむや。山僧の訴訟必ずしも理に当らずと雖も、只所功の労を以て、久しく裁許を蒙り来れり。況むや鬱望に於てをや。独り衆徒の愁へのみに非ず、且《かつ》は聖朝の奉為《おんため》、兼ねて又兆民の為ならむや。是十六なり。

加之《しかのみならず》、今度の事に於て、殊に愚忠を抽んづ。一門の園城相招くと雖も、仰ぎて勅宣に従ふ、万人の誹謗閭巷に充《み》つと雖も、伏して御願を祈る。何ぞ固く勤労を尽くして還りてこの処を滅ぼさむとする。功を運び罰を蒙る、あに然るべけむや。者《てへ》れば、縦ひ別の天感無くとも、只この裁許を蒙らむと欲するのみ。当山の存亡、只此の左右に在るの故なり。是十七なり。

望み請ふらくは、天恩再び叡慮を廻らして、件《くだん》の遷都を止められなば、三千人の衆徒等の胸火忽ちに滅《き》え[1]、百千万の衆徒の鬱水いよいよ久しからむ。衆徒等悲歎の至りに耐へず。誠に惶み誠に恐れ謹みて言す。

治承四年七月　日　　　大衆法師等

依レ之、廿一日ニ俄ニ都返リ有ベシト聞ヘケレバ、高《たかき》モ卑《いやしき》モ手ヲスリ額《ぬか》[2]ヲツキテ悦アヘリ。山門ノ訴詔ハ、昔モ今モ、大事モ小事モ、不レ空《むなしからざる》事ニコソ止事《やんごと》ナケレ。云何《いか》ナル非法非例ナレドモ、聖代モ明時[3]モ必《かならず》御裁許アリ。是程ノ道理ヲ以テ、再三カヤウニ申ムニ、横紙ヲ破ル入道相国ナリトモ、争《いかで》カ靡カザルベキ。

廿二日、新院、先《まづ》福原ヲ出御アテ、旧都ヘ御幸ナル。大方モ常ハ御不予ノ上、新都ノ体《てい》、宮室卑質ニシテ、城地クダリ湿《うる》[4]ヘリ。悪気漸《やうやう》降《くだり》テ風波弥《いよいよ》冷《すさま》ジ。都帰リナクトモ、元ヨリ旧都ヘ還幸ナルベキニテ有ケレバ、子細ニ及バズ。

廿六日ニ主上ハ五条内裏ヘ行幸ナル。両院ハ六波羅ノ池殿ヘ還幸、平家ノ人々、大政入道已下《いげ》皆帰リ上ラル。増テ他家ノ人々ハ一人モ留ラズ。世ニモアリ、人ニモカゾヘラル、輩ハ、皆移リタリシカバ、家々悉ク運《はこび》下《くだし》テ、此《この》五六个月

1　滅キユ（類聚名義抄）
2　額ヌカ（類聚名義抄）
3　「明時」、長門本「明王」
4　湿ウルフ（類聚名義抄）

ノ間ニ造立テシ居ツヽ、資財雑具ヲ運寄《はこびよせ》タリツルホドニ、又物狂《ものぐるはし》ク都帰《みやこがへり》アレバ、何ノ顧《かへりみ》ニモ及バズ、古京ヘ還ルウレシサニ、取《とる》物モ取アヘズ、資財雑具ヲ運ビ返スニモ不レ及、迷上《まどひのぼ》リタレドモ、イヅクニ落着テ、イカニスベシトモオボヘズ。今更旅立テ、西山、東山、賀茂、八幡ナド、片畔《かたほとり》[1]ニ付テ、堂ノ廻廊ヤ、社ノ拝殿ナドニ立留リテゾ、可レ然《しかるべき》人々モオワシ合《あひ》ケル。トテモカクテモ、人煩シキ事ヨリ外《ほか》ハサセル事ナシ。

兵衛佐謀反ノ事ニ依テ、重《かさねて》被レ下二宣旨[2]一云《いはく》、

伊豆国流人源頼朝、早挟テ二野心一、忽軽[3]ニジ二朝威一、劫二略シテ人民ヲ一、抄二掠ス州県ヲ一。縡入二希夷[4]一之間、欲レ加二誅伐ヲ一之処、甲斐国住人源信義猥ク成二雷同一、已ニ送ル二月諸一。各結ノ二魚麗[5]鶴翼之陣ヲ一、旁耀ス[6]二皇旗電戟之威ヲ一。因レ茲、趨々之輩、往々起募逆謀之甚古今未レ聞。非三啻丁壮之苦ノミ二軍旅一、兼有三老弱之罷二転漕ヲ一。細民之愚ナル、衆庶之賤シキ、不レ顧二鳳銜之炳誡ヲ一、自ラ従二梟悪之勧誘一歟。云レ此云レ彼、責而有レ余。

仍為レ払二其凶党一、所レ遣二追討使一ヲ也。東海、東山、北陸等道、不レ論二強弱一、不レ謂二老少一、表裏戮[7]レ力令レ討二逆賊一。就レ中美濃国勇武伝家之者、弓馬長勢[8]之輩、多有二其聞一。尤足二採用一。殊仰二彼等一、塞[9]二其辺境之要害一、令レ備二通関之防禦一、使[10]レ励二憂国之貞心一、可レ致二忘身之構戦一ヲ。兼又、編列之間、率伍之中、其[11]雅懐、縦与二凶悪一執カ察二此旨一ヲ、悔レ過反レ善ニ。率土者皆皇民也、普天者悉ク王土也。糸[12]綸之旨誰不二随順一。若夫有二執レ鋭不レ撓、臨レ事立レ功者一、量二其勤節於馬汗一、賜以二不翅之鴻賞一。宜下布二告遐邇一、詳俾[13]上レ知二委曲一者[14]。

治承四年十一月八日　　　　　　帥[15]大納言左中弁

伊豆国の流人源頼朝、早く野心を挟《さしはさ》んで、忽ちに朝威を軽んじ、人民を劫略して、州県を抄掠す。縡《こと》希夷に入るの間、誅伐を加へむと欲するの処、甲斐国の住人源信義猥《みだりがは》しく雷同を成し、已《すで》に月諸を送る。各《おのおの》魚麗鶴翼の陣を結び、傍《かたがた》皇旗電戟の威を耀かす。茲《ここ》に因《よ》り趨々の輩、往々起募し逆謀の甚しきこと古今未だ聞かず。

1 畔ホトリ（類聚名義抄）
2 以下の宣旨は『吉記』治承四年十一月八日条に十一月七日宣旨として所収。
3 「忽軽」、は『吉記』では、「軽忽」
4 「夷」、「幾」にも見え、北原・小川本は「幾夷」が正しいかとするが、『吉記』に従った。
5 「魚麗」、『吉記』に「魚鱗」
6 「皇旗」、『吉記』に「星旄」
7 戮アハス（類聚名義抄）
8 「長勢」、『吉記』に「長芸」
9 「塞」、底本「寒」とあるを、『吉記』により訂した。
10 「使」、『吉記』に「便」
11 「其雅懐」、『吉記』によれば、「非其雅懐」。従うべきか。
12 「糸」、『吉記』は「綍」、異文表記に「糸」
13 俾シム（類聚名義抄）
14 「者」、『吉記』になし。
15 「帥大納言左中弁」、『吉記』では「蔵人頭左中弁藤原経房奉」

啻《つと》に丁壮の軍旅を苦しむるのみに非ず、兼ねて老弱の転漕を罷むること有り。細民の愚かなる、衆庶の賤しき、鳳銜の炳誡を顧みず、白ら梟悪の勧誘に従ふか。此《これ》と云ひ彼と云ひ、責めて余り有り。仍て其の凶党を払はむが為、追討使を遣はす所なり。東海、東山、北陸等道、強弱を論ぜず、老少を謂はず、表裏力を戮《あは》せ逆賊を討たしめよ。就中《なかんづくに》美濃国は勇武伝家の者、弓馬長勢の輩、多く其《そ》の聞え有り。尤も採用に足らむ。殊に彼らに仰せて、其の辺境の要害を塞ぎ、通関の防禦に備へしめ、憂国の貞心を励ましめ、忘身の構戦を致すべし。兼ねて又、編列の間、率伍の中、其の雅懐に非ずんば、縦《たと》ひ凶悪に与すとも、いづれ[1]かこの旨を察し、過ちを悔い善に反《かへ》れ。率土は皆皇民なり、普天は悉く王土なり。糸綸の旨誰か随順せざらむ。若《も》しそれ鋭を執りて撓《たゆ》まず、事に臨みて功を立つる者あらば、其の勤節を馬汗に量《はか》り、賜るに不翅の鴻賞を以てせむ。宜しく遐邇に布告し、詳《つまびら》かに委曲を知らしむべし、者《てへり》。

治承四年十一月八日　　　　帥大納言左中弁

トゾ被二宣下一ケル。カヽリケレドモ、一切宣下ノ旨ニカヽワラズ、弥《いよいよ》ヨ日ニ随テ、兵衛佐ノ威ニ恐レテ、東海、東山等ノ諸道ノ輩《ともがら》ラ、皆《み》ナ源氏ニ随《したがひ》ニケリ。

卅七　厳島へ奉幣使ヲ被立事

十二月一日、兵乱ノ御祈ニ、安芸厳島へ奉幣使ヲ立ラル。当時近江国ノ凶賊道ヲ塞グ間《あひ》ダ、大神宮ノ御使、進発ニアタワザリケレバ、暫ク神祇官ニヲサメヲカル。討手ノ使空《むなし》ク帰リ上《のぼり》テ後、東国、北国ノ源氏共、イトヾ勝ニ乗テ、国々ノ兵《つはもの》多ク靡《なびけ》ツヽ、勢ハ日々ニ随テ付《つき》ニケリ。目近《まぢか》キ近江国ニモ、山本、柏木ナムド云《いふ》アブレ源氏共サヘ、東国ニ心ヲ通《かよは》シテ、関ヲ閉《とぢ》テ道ヲカタメテ人モ不レ通《とほさず》。

1 『類聚名義抄』によれば、「熟」には、「ツマヒラカニ、コマカニ、ツラ〳〵」などの訓があり、「孰」には、「イヅレ」の訓がある。底本の「熟」は、「孰」の異体字。

卅八　福田冠者希義ヲ被誅事

十二月一日、土佐国流人福田冠者希義ヲ誅伐セラル。彼《か》ノ希義ハ故左馬頭義朝ガ四男、頼朝ニハ一腹ノ弟也。去《いん》ジ永暦元年ニ当国ヘ流サレテ歳月ヲ送リケルホドニ、関東ニ謀叛起リケレバ、同意ノ疑ニヨテ、彼国《かのくにの》住人蓮池二郎清経ニ仰テ被レ討[1]ケルトゾ聞ヘシ。

同月、伊予国[2]住人河野大夫越智通清、源氏ニ通ジ、平家ヲ背テ、国中ヲ管領シ、正税官物ヲ抑留スル由聞ヘケレバ、東ハ美乃国《みののくに》マデ源氏ニ打トラレヌ、西国サヘ又カ、レバ[3]、平家大《おほき》ニ驚騒《おどろきさわぎ》テ、阿波民部成良、備後国住人奴可田入道高信法師ニ仰テ、是ヲ追討セラル。通清ハイカメシク思立タリケレドモ、力ヲ合スル者ナカリケレバ、終《つひ》ニ高信法師ガ手ニ懸テ打レニケリ。

1　「討」、「打」にミセケチ、右に「討」と傍書。
2　この記事は巻六（第三本）十二「沼賀入道与河野合戦事」に詳しい。治承五年二月十七日着の飛脚の報告とする。
3　「レ」、「ル」の上に重ね書き。

卅九　平家近江国山下柏木等ヲ責落事

三日、左兵衛督知盛、小松少将資盛、越前三位通盛、左馬頭行盛、薩摩守忠

度、左少将清経、筑前守貞能已下《いげ》ノ軍兵、東国ヘ発向。其勢七千余騎ニテ下向。山本、柏木、并《ならび》ニ美乃、尾張ノ源氏追討ノ為ナリ。

四日、山本冠者義広、柏木判官代義兼ヲ責落《せめおとし》テ、ヤガテ美乃国ヘ越テ、尾張国マデ討平《うちたひら》グル由聞ヘケレバ、太政入道少シ気色ナヲリテゾ被レ見《みえられ》ケル。

又南都ノ大衆イカニモ鎮《しづまり》ヤラズ、弥《いよいよ》騒動ス。公家ヨリモ御使鋪波《しきなみ》[1]ニ被レ下テ、「サレバ、何事ヲ欝《いきどほ》リ申スゾ。存知之旨アラバ、イク度《たび》モ奏聞[2]ニコソ及バメ」ナド被二仰下一《おほせくだされ》ケレバ、「別ノ訴訟ニ候ワズ。只清盛[3]入道ニ逢テ、死候ワム」トゾ只一口ニ申ケル。是モ直事《ただこと》ニアラズ。入道相国ト申《まうす》ハ、忝クモ当今ノ御外祖父ゾカシ。其《それ》ヲ少《すこし》モ不レ憚、カヤウニ申ケルモ浅猿《あさま》シ。凡《およそ》南都ノ大衆[4]ニモ天魔ノ付《つき》ニケルトゾミヘシ。[5]「言易レ洩者招レ禍[6]之媒也。事不レ慎者取レ敗之道也」ト云ヘリ。只今、事ニ会《あひ》ナムズトゾ見ヘシ。

四十　南都ヲ焼払事
付左少弁行隆事

1　鋪シク（類聚名義抄）
2　「ニ」、「シ」に重ね書きか。
3　「盛」、傍書補入。
4　「ニ」、補入か。
5　底本、一字下げとする。以下、訓読する。
　言の洩れ易きは禍を招く媒なり。事を慎まざるは敗れを取る道なり。
6　「禍」、底本「楇」。訂した。

其上《そのうへ》、去《さんぬる》五月、高倉宮ノ御事ニヨリ、三井寺ヨリ牒状ヲ遣《つかはし》タリシ返牒ニ、平氏ノ先祖ノ瑕瑾ヲ、筆ヲ尽シテ書タリシ事ヲ、安カラヌ事ニ相国被レ思タリケレバ、「是非有マジ。忩《いそ》ギ官兵ヲ遣テ、南都ヲ責《せむ》ベシ」ト云《いふ》沙汰アリ。且々《かつがつ》トテ、備中国妋尾太郎兼康ト云《いふ》侍ヲ大和国ノ検非違所ニ成《なし》、三百余騎ノ兵ヲ相具セサセテ下《くだし》遣《つかは》ス。衆徒一切《いつせつ》[1]ニシヒズ、弥《いよいよ》蜂起シテ、兼康ガ許ヘ押寄テ、散々ニ打散シテ、兼康ガ家子《いへのこ》、郎従三十六人ガ頸ヲ斬テ、猿沢ノ池ノハタニ懸タリケリ。兼康希有ニシテ逃上ル。其後ハ南都弥《いよいよ》騒動ス。

又大《おほき》ナル法師ノ頭《かしら》ヲ造テ、「大政入道清盛法師ガ首也」ト銘ヲ書テ、毬打《ギツちやう》ノ玉ノ如《ごとく》ニアチコチ打蹴《うちけ》、ケ踏《ふみ》ケリ。入道是ヲ伝聞《つたへきき》テ、「安カラヌ事ナリ」トテ、四男頭中将重衡朝臣ヲ大将軍トシテ、三万余騎ノ軍兵ヲ南都ヘ差向《さしむけ》ラレケリ。大衆此《この》由ヲ聞テ、奈良坂、般若路、二ノ道ヲ切塞テ、在々所々ニ城墎ヲ構テ、[2]老少中年ヲキラワズ、弓箭ヲ帯シ、甲冑ヲ鎧テ待カケタリ。

十二月廿八日、重衡朝臣南都ヘ発向、三万余騎ヲ一手[3]ニ分テ、奈良坂、般若路ヘ向《むかふ》。大衆カチ立、打物ニテ防戦《ふせきたたかひ》ケレドモ、三万余騎ノ軍兵、馬ノ上ニテ散々ニカケタリケレバ、二ノ城戸口程《ほど》ナク敗ラレニケリ。

其中ニ坂四郎房永覚トテ、聞ユル悪僧アリ。打物ニ取テモ、弓箭《ゆみや》トテモ、七大寺、十五大寺ニ肩ヲナラブル者ナシ。大力ノツヨ弓、大矢ノ矢次早《やつぎばや》ノ手キ、ニテ、サゲ針モハヅサズ、百度射ケレドモ、アダ矢ナカリケル、ヲソロシキ者也。其長《たけ》七尺計《ばかり》也。褐衣ノ鎧直垂ニ、萌黄ノ糸威ノ腹巻ノ上ニ、黒皮威ノ鎧ヲ重《かさね》テ着タリ。帽[4]子甲《かぶと》ノ上ニ、三枚甲ヲ重テ着タリ。三尺五寸ノ大大刀ハキテ、二尺九寸ノ大擲刀《なぎなた》ヲゾ持タリケル。同宿十二人左右ニ立《たて》、足軽ノ法師原卅余人[5]ニ楯ツカセテ、手擦[6]門ヨリ打出タリケルノミゾ、暫ク支ヘタリケル。多クノ官兵、馬ノ足ヲキラレテ被レ討ニケリ。サレドモ大勢シコミケレバ、永覚一人武ク思ヒケレドモ甲斐ナシ。痛手負テ落ニケリ。

重衡朝臣ハ法花寺ノ鳥居ノ前ニ打立テ、次第ニ南都ヲ焼払《やきはらふ》。軍兵ノ中ニ、播磨国福井庄下司次郎大夫俊方ト云ケル者、楯ヲ破《わり》[7]テ続松ニシテ、両方ノ城ヲ

1 「シヒス」、長門本「もちゐす」
2 「老少中年ヲキラワズ」、長門本「老少中年」
3 「三」、補入か。
4 「帽」、重ね書あり。
5 「三」、補入か。
6 「擦」、「掻」とあるべきか。長門本「手掻門」
7 破ワル（類聚名義抄）

初トシテ、寺中ニ打入テ、敵ノ籠リタル堂舎、坊中ニ火ヲカケテ、是ヲ焼《やく》。恥ヲモ思ヒ名ヲモ惜《をしむ》程ノ者ハ、奈良坂ニテ打死、般若寺ニテ被レ討ニケリ。行歩ニ叶ヘル輩ハ、吉野、十津河ノ方ヘ落失《おちうせ》ヌ。行歩ニ叶ワヌ老僧、身モ合期セヌ修学者、児共《ちごども》、女房、尼公ナムドハ、山階寺ノ天井ノ上ニ、七八百人ガ程隠上《かくれのぼ》ル。大仏殿ノ二階ノコシニハ、一千七百余人逃上《にげのぼり》ニケリ。敵ヲ上セジトテ橋ヲバ引ニケリ。師走月ノハテニテハアリ、風ハゲシクテ、所々ニカヽリタル火一《ひとつ》ニ燃合テ、多《おほく》ノ堂舎ニ吹移ス。興福寺ヨリ始テ、東金堂、西金堂、南円堂、七円重ノ御塔、二階楼門、鐘楼、経蔵、三面ノ僧坊、四面ノ廻廊、元興寺、法花寺、薬師寺マデ焼《やき》テ後、西風弥《いよいよ》ツヨカリケレバ、大仏殿ヘ吹移ス。猛火ノ燃近付《もえちかづく》ニ随テ、逃上ル所ノ一千余人ノ輩、叫喚、大叫喚、天《てんを》響シ、地ヲ動ス。ナニトテカ一人モ助カルベキ。皆焼死《やけしに》ニケリ。彼《かの》無間大城ノ炎ノ底ニ、罪人共ガコガルラムモ、是ニハスギジトゾ見ヘシ。千万ノ骸《かばね》ハ七仏ノ上ニ燃《もえ》カヽレリ。守護ノ武士ハ兵杖ニ中《あたり》テ命ヲ失《うしなひ》、修学ノ高僧ハ猛火ニ交テ死ニケリ。

悲哉、興福寺ハ淡海公ノ御願、藤氏一家ノ氏寺也。元明天皇ノ御宇和銅三年庚戌歳被二建立一以降《このかた》、星宿五百六十余歳ニ及ベリ。東金堂ニオワシマス仏法最初ノ釈迦ノ像、西金堂ニオワシマス自然涌出《じねんゆじゆつ》ノ観世音、瑠璃ヲ比《ならべ》[1]シ四面廊、紫檀ヲ交ル二階ノ楼、九輪耀《かかやき》シ二基《にきの》塔、空キ煙トナリニシコソ悲シケレ。東大寺ハ常在不滅、実報寂光ノ生身ノ御仏ト思食准《おぼしめしなずらへ》テ、釈尊ノ初成道ノ儀式ヲ表シ、天平年中ニ聖武天皇思食立《おぼしめしたち》テ、高野天皇、大炊天皇三代ノ聖主自《みづか》ラ精舎ヲ建立シ、仏像ヲ治鑄《チウ》シ奉リ給フ。婆羅門僧正、隆尊律師、良弁僧正、行基菩薩、鑑真和尚等ノ菩薩聖衆達、導師咒願トシテ供養ジ給テヨリ以来《このかた》、四百七十余歳[2]ニナル。金銅十六丈ノ毘盧舎那仏、烏瑟尊容ヲ摸《ウツ》[3]シタリシ尊像モ、御頭《ミグシ》ハ焼落テ大地ニアリ。御身ハ涌合テ塚ノ如シ。目当《まのあた》リ見奉ル者モ目モアテラレズ、遙ニ伝聞《つたへきく》人モ涙ヲ流サズト云《いふ》事ナシ。瑜伽唯識ノ両部ヲ始トシテ、法文聖教一巻モ不レ残。吾朝ハ申《まうす》ニ不レ及、天竺、振旦《しんだん》ニモ、是程ノ法滅者争《いかで》カ可レ有ナレバ、梵釈、四王、龍神八部、冥官、冥衆ニ至ルマデ、驚騒給《おどろきさわぎたまひ》ケム

1　比ナラブ（類聚名義抄）
2　「ニ」、補入か。
3　ルビ、底本「ウツシ」。「シ」は衍とみて削除した。

トゾ覚シ。法相擁護ノ春日ノ大明神、何《いか》ナル事ヲカ思食《おぼしめす》ラム。神慮ノ内モ測《はかり》ガタシ。サレバ春日野ノ露ノ色モ替リ、三笠山ノ嵐ノ音モ怨メルサマニゾ見ヘケル。

今度[1]所レ焼《やくるところ》ノ堂舎、東大寺ニハ、大仏殿、講堂、金堂、四面廻廊、三面僧坊、戒壇[2]、尊勝院、安楽院、真言院、薬師堂、東南院、八幡宮、気比社、気多社、興福寺ニハ、金堂、講堂、南円堂、東金堂、五重塔、西金堂、北円堂、四面廻廊、三面僧坊、観自在院、西院、一乗院、大乗院、中院、松陽院、小院[3]、東北院、橋志院[4]、東相院、観禅院、五大院、北戒壇、唐院、松院、伝法院、真言院、円成院、皇嘉門院ノ御塔、惣宮、一言主社、龍蔵院[5]、住吉社、鐘楼、経蔵、大湯屋但釜不レ焼、宝蔵十四宇、此外大小ノ諸門、寺外ノ諸堂ハ注《しるす》ニ及バズ。可レ然所々ハ、院御塔、長者御塔、四面廻廊、門楼、一切経蔵、章疏ノ形木、佐保殿モ焼ニケリ。此外菩薩院、龍花院、円坊両三宇、禅定院、新薬師寺、春日社四所、若宮社ナムドゾ僅ニ残リタリケル。焼死《やけしぬ》ル所ノ雑人、大仏殿ニテ千七百余人、山階寺ニテ五百余人、或御堂ニハ三百余人、或御堂ニハ二百余人、後日ニ委《くはし》ク算《かぞふ》レバ、惣《そうじて》一万一千四百余人トゾ聞ヘシ。軍《いくさ》ノ庭ニテ討ル、所ノ大衆七百余人ガ内、四百余人ガ首ヲバ都ヘ上《のぼ》ス。其中ニ尼公ノ首モ少々アリケルトカヤ。

廿九日、重衡朝臣南都ヲ滅シテ京ヘ帰リ入ラル。入道相国一人ゾ欝《イキドヲ》リ晴レテ、被レ悦ケル。夫《それ》モ両大伽藍ノ焼ヌル事ヲバ、心中ニハ浅《あさましく》猿ゾ被レ思ケル。一院、新院、摂政殿下、大臣、公卿ヲ奉レ始テ、少《すこし》モ前後ヲ弁《わきま》ヘ、物ノ心アル程ノ人ハ、「コハイカニシツル事ゾヤ。悪僧ヲコソ失《うしなふ》トモ、サバカリノ伽藍共ヲ焼滅《やきほろぼ》スベシヤ。口惜キ事ナリ」トゾ悲《かなしみ》アヒ給ケル。衆徒《しゅと》首共ヲバ大路ヲ渡テ獄門ノ木ニ可レ被レ懸《かけらるべき》ニテアリケルガ、東大寺、興福寺ノ焼ニケル浅猿《あさまし》サニ渡スニ不レ及、コ、カシコノ溝ヤ堀ニゾ投捨ケル。穀倉院ノ南ノ堀ヲバ、奈良ノ大衆ノ首ニテウメタリナムド[6]沙汰シケリ。聖武天皇ノ書置セ給ケル東大寺ノ碑文《ひぶんにいはく》云、「吾寺興複[7]、天下興複。吾寺衰微、天下衰微」ト云々。今灰燼ト

1 以下は『玉葉』治承五年正月六日条に見える南都焼失注文と関連あるか。
2 「檀」、「壇」の当字。
3 「小院」、『玉葉』に「北院」
4 「橋志院」、『玉葉』に「発志院」
5 「龍蔵院」、『玉葉』に「瀧蔵社」
6 「タ」、「ケ」に重ね書。
7 「複」、底本のまま。「復」の当字。

ナリヌル上ハ、国土之滅亡無レ疑。

其上《そのうへ》去《さんぬる》十一月十七日ニ、[1]四教五時之蕚[2]サ独リ盛ナル園城之梢《こず》ヘ、三井モ尽ヌ。此《こ》ノ十二月廿八日ニ、三性八識之風、専ラ扇グ二興福之楄《マト》一南都モ滅ヌ。八宗流レ雖レ異ト、一如ノ源《みなも》ト是レ同ジ。尋レ二本願一ヲ者魚水之契リ是深シ。謂ヘ二本仏一ヲ者釈迦慈尊之[3]眦ヒ不レ浅ラ。昔日之芳縁惟レ馨《カウバシ》、当世之値遇又切也。山階ト与二園城一如二乳水一ノ、法相ト与二天台一同ジ二兄弟一ニ。因レ茲ニ有レ喜ビ時ハ倶ニ喜レ之ヲ、有ルレ憂ヘ之時ハ同ク憂フレ之ヲ。山階者我等ガ本師釈迦善逝、残シテ二一化ヲ・化シ二一切之霊地一ヲ、園城者如来補処ノ弥勒慈尊、期シテ二三会一ヲ利スル二三有之清濁一ヲ砌也。而ヲ両月ノ中ニ灰燼トナリヌ。一天之歎、何事カ是ニ過ム。掠メ二一物一ヲ、焼ク二一屋一ヲ、罪科尚ヲ重シ。況ヤ況於二南都園城数千之堂塔財宝一ニ乎。謗リ二一文一ヲ、謗ズル二一仏一ヲ、破戒是深シ。況ヤ於二法相天台数万之仏像経巻一ニ乎。遠ク尋レ二先蹤ヲ於異域一ニ者、過タリ二会昌天子之犯罪一ニ。近ク考レ二悪例ヲ於本朝一ニ者、超タリ二守屋大臣之逆悪一ニ。極悪之分限難シレ量リ。逆臣之将来其レ奈《い》[4]カム。

1　以下、訓読する。

四教五時の 蕚《はなぶさ》 独り盛んなる園城の梢、三井も尽きぬ。この十二月二十八日に、三性八識の風、専ら興福之楄を扇ぐ南都も滅びぬ。八宗流れ異なりと雖も、一如の源これ同じ。本願を尋ぬれば、魚水の契これ深し。本仏をいへば釈迦慈尊の睦び浅からず。昔日の芳縁これ馨《かうば》し、当世の値遇また切なり。山階と園城と乳水のごとく、法相と天台と兄弟に同じ。これに因り喜びある時は倶にこれを喜び、憂へある時は同じくこれを憂ふ。山階は我等が本師釈迦善逝、一化を残して一切の霊地を化し、園城は如来補処の弥勒慈尊、三会を期して三有の清濁を利する砌なり。

しかるを両月の中に灰燼となりぬ。一天の歎き、何事かこれに過ぎむ。一物を掠め、一屋を焼く、罪科なほ重し。いはむや南都園城数千の堂塔財宝においてをや。一文を謗り、一仏を謗ずる、破戒これ深し。いはむや法相天台数万の仏像経巻においてをや。遠く先蹤を異域に尋ぬれば、会昌天子の犯罪に過ぎたり。近く悪例を本朝に考ふれば、守屋大臣の逆悪に超えたり。極悪の分限量り難し。逆臣の将来それいかん。

そもそも我朝に鎮護国家の道場と号して、朝夕星を戴いて、百王無為の御願を祈り奉る四个の大寺これあり。三个寺既に跡なし。たまたま残る叡岳も、行学闘乱の事によつて、雲に臥しぬる名のみ有つて、四禅の夜の月暗く、雪に映ずる勤めを抛つて、腰に三尺の秋の霜を横たふ。彼等また無きがごとし。

2 蕚ハナブサ（類聚名義抄）
3 「毗ヒ」、「睦ビ」か。
4 奈何イカン（類聚名義抄）
5 「載」、「戴」の誤り。「イ」、補入。
6 「ミルニ」、衍か。長門本ナシ。

抑《そもそ》モ我朝ニ鎮護国家之道場ト号シテ、朝夕星ヲ載[5]イテ、百王無為ノ御願ヲ奉レ祈リ四个ノ大寺是アリ。三个寺既ニ跡ナシ。適《たまた》マ残ル叡岳モ、行学《ガク》闘乱ノ事ニヨテ、臥レヌ雲ニ有レテ名ノミ、暗ク二四禅之夜ノ月一、映レズル雪ニ抛レテ勤ヲ、腰ニ横フ二三尺之秋ノ霜一ヲ。彼等又如レ無キガ。サスガニ法滅ノ今日此比《このごろ》トハ思ワザリシヲ、「コハイカナリケル事ヤラム」ト、歎カヌ人モナカリケリ。澄憲法印ノ法滅ノ記ト云《いふ》文ヲカ、レタル、其ノ言ヲ聞《きく》ゾ悲シキ。「山階三面ノ僧坊ニハ、五色ノ花再《ふたたび》開ケズ。春日四所ノ社壇ニハ、三明ノ燈《ともしび》更ニ耀《かかやく》コトナシ。仏像経論ノ焼ル煙ニハ、大梵天王ノ眼《まなこ》忽晩《たちまちにくら》シ。堂塔僧房ノ燃ル音ニハ、堅牢地神ノ胸ヲコガスラム」トゾ覚ケル。

左少弁行隆ト申ス人、先年八幡へ参テ通夜セラレタリケル夜ノ示現ニ、「東大寺奉行ノ時ハ是ヲ持《もつ》ベシ」トテ、笏ヲ給《たまは》ルト見テ、打ヲドロキミル[6]ニ見《みる》ニ、実《まこと》ニ笏アリケリ。不思議ニ思テ、其《その》笏ヲ取テ下向シ給《たまひ》タリケレドモ、「当時何事ニカハ、東大寺造替《つくりかへ》ラル、事アラムズル。イカナル事ヤラム」ト心ノ内ニ思給テ、年月ヲ送リ給《たまふ》程ニ、此焼失《このやけうせ》シ後、大仏殿造営之沙汰有ケル時、弁官ノ中ニ彼《かの》行隆撰《えらばれ》テ、奉行スベキヨシ被二仰下《おほせくださる》一。其時《そのとき》行隆宣ケルハ、「勅勘ヲ不レ蒙シテ次第ニスヽミ昇ラマシカバ、今マデ弁官ニテハアラザラマシ。多《おほく》ノ年ヲ隔テ、今弁官ニ成帰《なりかへり》テ、奉行ノ弁ニ当ル。是モ先世ノ結縁浅カラヌニコソ」ト悦《よろこび》給テ、八幡大菩薩ヨリ給ハ[1]リタリシ笏取出シテ、大仏造営ノ事始ノ日ヨリ持《もた》レタリケルコソアリガタケレ。

平家物語第二末

于レ時応永廿六年己亥三月廿日於二大伝法院別院十輪院一

雖レ為二悪筆一泰[2]依二御誂一令三書二写之一畢

執筆　行識房[3]　有重

多聞丸

1　「ハ」、「リ」に重ね書。
2　「泰」、「恭」の誤りか。
3　「行識房」、「有重」の右に傍書。別筆か。本文中の補入の字はあるいはこの筆か。

延慶本平家物語巻五　年表

凡例

・本年表は、延慶本平家物語巻五における歴史事項の中、年代の判明するものを一覧化した。

・「和暦」「月日」「事項」については、延慶本本文の記述に従って配列した。諸記録との齟齬が確認できる場合でも修正は加えず、そのまま掲出した。

・具体的な年月日が記載されていない事項は、前後の文脈や資料を勘案して記載位置を決定した。

・「章段」には、その事項が記載されている延慶本巻五の章段番号を記した。

・「備考」には、その事項を確認できる資料と日付とを摘記した。日付が延慶本の記述と一致する場合には、資料名のみを記した。

＊は参考となる資料である。

西暦	和暦	月	日	事項	章段	備考
七一〇	和銅三			興福寺建立。	四十	『興福寺略年代記』
（九三五）	承平年中			平将門、源扶らと戦う。	三	承平五・2・2〜4『将門記』『扶桑略記』
九三九	天慶二	2		尊意大僧都ら将門調伏の祈祷を行う。	三	天慶三・1・24『貞信公記』『扶桑略記』
九四〇	天慶三	2	13	平貞盛ら将門の館を攻める。	三	『将門記』
		2	14	将門、合戦に死す。	三	『日本紀略』。2・13『扶桑略記』
		4	25	将門の首、入洛。	三	『将門記』『貞信公記』『日本紀略』。3・

						25『扶桑略記』
（一〇五七）	天喜年中			源頼義、黄海に安倍貞任を攻める（七騎落）。	一三	天喜五・11『陸奥話記』『扶桑略記』
（一〇八七）				後三年役で源義家、出羽国金沢城を攻める。	一三	寛治元（一〇八七）・12『奥州後三年記』
一一〇七	嘉承二	12		平正盛、源義親追討のため出雲へ下向。	二一	12・19『殿暦』『中右記』
一一五九	平治元	12	9	平治の乱、勃発。	一	『平治物語』『百錬抄』『愚管抄』
一一六〇	永暦元			源希義、土佐配流。	三八	『清獬眼抄』『尊卑分脈』
		3		源頼朝、伊豆配流。	三八	3・11『清獬眼抄』『公卿補任』＊『愚管抄』『尊卑分脈』
一一六三	長寛元	秋		椙本太郎義宗、安房国の合戦で重傷。後、死す。	一二	『三浦系図』
一一七四	承安四	春		牛若丸、奥州へ下向。	二七	3・3『平治物語』流布本
一一八四	治承三	3		文覚、院の御所に乱入。	四	承安三（一一七三）・4・29『玉葉』『百錬抄』
				上西門院崩御。	四	文治五（一一八九）・7・20『玉葉』『百錬抄』『本朝皇胤紹運録』
一一八五	治承四	7		比叡山の大衆、還都陳情の三度目の意見書を提出（異文には六月）。	三六	10・20『玉葉』。11・6『山槐記』
		7	6	福原院宣。	八	＊『愚管抄』
		8	9	大庭三郎景親、京から下着、佐々木三郎秀義と対面。	九	8・2下着、8・9対面『吾妻鏡』
		8	12	佐々木太郎定綱、頼朝のもとに使者として行	九	8・13北条を出発『吾妻鏡』

西暦	年号	月	日	事項	巻五	出典
一一八五	治承四			き、帰る。		
		8	16	頼朝、北条四郎時政に旗挙げを相談。	十	
		8	17	佐々木兄弟、北条着。屋牧夜討。	十	『吾妻鏡』『尊卑分脈』 *巻四—三五にもあり。
		8	20	頼朝、相模国土肥着。評定を行う。	十一・十二	『吾妻鏡』
		8	23	頼朝軍、早川尻に布陣。	十三	『吾妻鏡』『山槐記9・7条』
				大庭三郎、頼朝を攻める（石橋山合戦）。	十三	『吾妻鏡』『尊卑分脈』 *巻四—三五にもあり。
				佐奈田与一討死。	十三	『吾妻鏡』
			24	頼朝退却。	十三	『吾妻鏡』『山槐記9・7条』 *『愚管抄』
				畠山と三浦、湯居浜（小坪坂）で合戦。	十四	『吾妻鏡』 *巻四—三五にもあり。
			26	武蔵の武士たち、衣笠城を攻める。	十五	『吾妻鏡』 *巻四—三五にもあり。
				三浦大介の首を江戸太郎が取る。	十五	8・27『吾妻鏡』
		8	晦日	頼朝、船で安房国着。	十六・十八	8・29『吾妻鏡』『山槐記10・7条』
				土屋三郎宗遠、甲斐国へ使者として出発。	十七	9・20『吾妻鏡』

一一八五	治承四			上総介弘経、頼朝軍に参加。	十九	9・19『吾妻鏡』
				畠山次郎重忠、頼朝軍に参加。	二十	10・4『吾妻鏡』
		9	11	頼朝追討宣下。十六日付官府宣。	二一	9・5『玉葉9・11条』『山槐記』『百錬抄』 ＊巻四―三七にもあり。
		9	17	平維盛軍、福原を出発。	二三	9・21『玉葉』『愚管抄』。9・22『山槐記』
		9	18	維盛軍、京都着。	二三	9・23『玉葉』『山槐記』
		9	22	高倉院、厳島御幸。	二四	9・21『玉葉』『百錬抄』 ＊『古今著聞集』
		9	28	高倉院厳島願書。	二四	
		10	5	高倉院、厳島より還幸。	二五	10・6『玉葉』『山槐記』
			17	後白河院、夢殿の御所から三条へ移る。	二六	
		10	22	頼朝、木瀬川に布陣。義経、来たる。	二七	10・21『吾妻鏡』
			24	矢合せ前夜に平家軍逃亡。	二七	10・18『玉葉11・1条、11・5条』。10・20『吾妻鏡』 ＊『山槐記』『吉記』『愚管抄』
		11	8	頼朝追討宣旨（再度）。	三六	11・7『吉記』『百錬抄』 ＊『玉葉11・6条』
			15	維盛軍、京都へ帰る。	二八	11・5『玉葉』『吉記』。11・6『山槐記』。

西暦	年号	月	日	事項	頁	典拠
一一八五	治承四					11・3『百錬抄』。11・2『吾妻鏡』 ＊『明月記11・7条』
		11	17	平家、三井寺を攻める。三井寺炎上。	三十・四十	12・11～12『山槐記』『玉葉』『吾妻鏡』。12・10『百錬抄』 ＊覚一本5・27 源平盛衰記11・12
		11		福原で五節、京都で新嘗会が行われる。	三五	11・17～19『山槐記』『吉記』『百錬抄』
			21	円恵法親王、天王寺別当を解任される。	二一	11・23『百錬抄』。6・20『玉葉6・22条』 ＊『明月記6・21条』源平盛衰記6・21
			21	還都決定。	三六	11・24『玉葉』『山槐記』『吉記』『百錬抄』。11・26『古今著聞集』 ＊『明月記』
		11	22	邦綱造内裏、主上渡御。	三四	11・23『山槐記』『吉記』『百錬抄』
			26	主上、五条内裏へ行幸。	三六	『玉葉』
		12	1	福田冠者希義を討伐。	三八	＊『尊卑分脈』
		12	1	厳島神社へ奉幣使。	三七	12・2『玉葉』 ＊『山槐記』
		12		河野通清、源氏に通じ、伊予国を管領し、追討される。	三八	治承五・閏2・12『吾妻鏡』 ＊巻六ー一二（治承五・2・17条）にもあり。

		12	3	平知盛軍、東国へ発向。	三九	12・2『玉葉』『山槐記』『明月記』『百錬抄』。12・1『吾妻鏡』
		12	4	知盛軍、近江源氏を破り、美濃国へ越える。	三九	12・13『山槐記』『玉葉』 ＊『明月記12・12条』
		12	28	重衡軍、南都を攻める。南都炎上。	四十	12・25〜28『玉葉』『山槐記』『明月記』 『百錬抄』『吾妻鏡』『興福寺略年代記』
		12	29	重衡軍、帰洛。	四十	『玉葉』『山槐記』
(一一八六)				行隆、東大寺の造寺長官となる。	四十	治承五・6・26『玉葉』『吉記』 ＊覚一本3・3

松尾葦江（まつお・あしえ）

1943年　神奈川県に生。

東京大学大学院人文科学研究科博士課程単位取得退学。

博士（文学）　東京大学　1996年

國學院大学教授。

［主要著書］『平家物語論究』（明治書院　1985年）
『軍記物語論究』（若草書房　1996年）
『源平盛衰記（二）』（三弥井書店　1993年）

［主要論文］「平家物語の成立――物語以前もしくは物語以後――」（国語と国文学75：9　1998年）
「平家物語の論――その普遍性と特殊性をめぐって――」（国文91　1999年）
「風景、情景、情況――平家物語の〈叙景〉の成立――」（国語と国文学79：12　2002年）

校訂延慶本平家物語 (五)

平成十六年三月三十日発行

編者　松尾葦江
発行者　石坂叡志
整版　株式会社 中台整版
印刷　モリモト印刷株式会社

発行　汲古書院
〒102-0072 東京都千代田区飯田橋二―五―四
電話　〇三(三二六五)九七六四
FAX　〇三(三二二二)一八四五

第六回配本

ISBN4-7629-3505-0 C3393